IL MATRIMONIO MAFIOSO FORZATO DEL MIO RAGAZZO

Da
Alex (MF) McAnders

McAnders Books

*****

I personaggi e gli eventi in questo libro sono fittizi. Ogni somiglianza con persone reali, vive o morte, è casuale e non voluto dall'autore. La persona o le persone ritratte sulla copertina sono modelli e sono in nessun modo associati con la creazione, il contenuto o la materia oggetto di questo libro.

Sito Ufficiale: www.AlexAndersBooks.com
Podcast: BisexualRealTalk
Visita l'autore su Facebook
all'indirizzo: Facebook.com/AlexAndersBooks
Prendi 5 libri gratis quando ti iscrivi per la mailing list dell'autore all'indirizzo: AlexAndersBooks.com

Pubblicato da McAnders Publishing

Libri di Alex (MF) McAnders

Romanticismo maschile / femminile

Il mio Tutor; Libro 2; Libro 3; Libro 4; Libro 5; Libro 6
Il Matrimonio Mafioso Forzato del Mio Ragazzo; Libro
2
Libro 7
Il mio Tutor - Il giorno della laurea; Libro 3; Libro 4;
Libro 5; La mia Debolezza - Giorno del draft NFL

IL MATRIMONIO MAFIOSO FORZATO DEL MIO RAGAZZO

Capitolo 1

Dillon

Guardai il mio telefono per la centesima volta, desiderando che squillasse. Ore 19:24. Tyler era ufficialmente in ritardo di 24 minuti per il nostro appuntamento. Muovevo nervosamente la gamba e mi masticavo il labbro inferiore, ansiosa, incapace di placare il crescente sentimento di sconforto nel mio cuore.

Quel comportamento non era da Tyler. Avevamo chattato online per settimane, sembrava davvero dolce e sincero. Pensavo veramente che quello potesse essere l'inizio di qualcosa di reale. Il mio cuore fremeva leggendo i messaggi di Tyler, vedendo quanto fosse premuroso, interessato alla mia vita e ai miei sogni. Mi aveva dato la speranza che forse, solo forse, avrei potuto trovare un amore come quello della mia migliore amica Hil.

Hil aveva incontrato il suo ragazzo Cali molto facilmente, si era innamorata subito e adesso viveva una rassicurante relazione amorosa. Io, invece, ero ancora lì, in lotta solo per ottenere un primo appuntamento con un ragazzo al quale mi ero affezionata online. Un ragazzo che sembrava condividere i miei sentimenti e capire cosa significa essere un po' fuori forma e alla ricerca dell'amore.

Tutto sembrava sempre più difficile per me: far quadrare i conti, finire gli studi, trovare qualcuno che mi amasse per quella che sono. Adesso ero lì, seduta da sola nel romantico bar che io e Tyler avevamo scelto per il nostro primo appuntamento.

Avrei mai potuto fraintendere completamente i segnali con Tyler? Era solo in cerca di un'avventura e nient'altro? O peggio ancora, avevo nutrito delle speranze su qualcuno che mi stava solo attirando con false promesse?

Controllai di nuovo il telefono. Ore 19:27. Il senso di sconfitta si fece più intenso. Trattenendo a stento le lacrime, mormorai tra me e me, "Non piangere, stupida. È solo un primo appuntamento."

Ma sapevo che era più di così. Quell'appuntamento rappresentava molto di più – una possibilità di vivere quell'amore vero che desideravo così tanto. La possibilità che qualcuno finalmente mi vedesse, mi desiderasse, mi amasse per quello che sono.

Tutto quello che volevo era ciò che sembrava venire così facilmente a tutti gli altri: avere un uomo accanto. Ma, delusione dopo delusione, stavo iniziando a sentire il peso di quella situazione.

Mi sfuggì una lacrima, che scivolò sulla mia guancia, quando la campanella della porta del bar suonò. La asciugai rapidamente, sentendomi ridicola. Una coppia affiatata entrò, a braccetto, ridendo dolcemente tra loro. Il mio malessere si fece più intenso. Lui non sarebbe venuto. E per lui non valevo nemmeno un messaggio.

Deglutii, non potevo sopportare il pensiero di tornare nel mio appartamento vuoto, quella sera, con un altro fallimento da rimuginare all'infinito. Tutto quello che volevo era sapere cosa si prova ad essere amati. Era chiedere troppo?

Ma, ad ogni minuto che passava, la verità cominciava a farsi strada. Ero stata ingenua a sperare fin dall'inizio. Così, con un respiro profondo e tremante, raccolsi la mia giacca e uscii dal bar da sola.

Capitolo 2

Remy

Ero in piedi nel luogo che un tempo era stato il grande ufficio di mio padre, ora trasformato in un obitorio. Hil e mia madre erano accanto a me, tutti noi guardavamo il corpo senza vita di nostro padre. Il silenzio era soffocante, interrotto solo dai singhiozzi sommessi di mia madre che cercava di trattenere le lacrime.

Ero straziato, ma guardando le ombre sul volto di mio padre, causate dalla luce fioca, provavo altri sentimenti; la sua eredità era ambivalente. Avevo trascorso tutta la mia vita cercando di dimostrargli il mio valore. Avevo fatto cose di cui non ero orgoglioso. Ora che lui se ne era andato, mi chiedevo se fosse stato tutto inutile.

Hil ruppe il silenzio. "Mi occuperò io dei funerali. Voglio farlo per papà," disse, la voce incerta per l'emozione. Potevo dire che cercava ancora l'approvazione di nostro padre, anche dopo la sua morte.

Mi guardai attorno, il mio cuore si stringeva per mia sorella che aveva cercato con tanto impegno di sfuggire alla vita criminale che la nostra famiglia conduceva da sempre. Non era fatta per quelle cose, come lo ero io. E agli occhi di mio padre, questo faceva di mia sorella una persona che doveva essere sempre in qualche modo custodita.

Io ero diverso, ero l'erede designato del suo impero. Non avevo bisogno di essere protetto dal suo mondo spietato. Gli altri boss volevano far fuori mio padre. E vista la maniera con cui mio padre era risalito al potere, capivo il perché.

Questo voleva dire che nessuno nella nostra famiglia era al sicuro. Hil, con la sua natura sensibile, avrebbe sempre avuto bisogno di qualcuno che la proteggesse. Papà non avrebbe avuto problemi a farlo, ma era chiaro che voleva un figlio che potesse cavarsela da solo.

Questo era quello che ero diventato per lui: un figlio che sapeva badare a se stesso. Presto, mi presi cura anche di Hil. Non mi importava. Era mia sorella minore. Era il mio compito. Ma dover essere l'uomo che mio padre voleva che fossi aveva il suo prezzo.

"Grazie, Hil," dissi, la voce tradendo il dolore che sentivo.

Mia madre mi strinse la mano, la sua carezza vibrava di tristezza e gratitudine. Vedevo la speranza di un futuro migliore nei suoi occhi, libero dalla violenza e dal pericolo che avevano tormentato la nostra famiglia per così tanto tempo.

I miei pensieri si diressero verso il patto che avevo stretto con Armand Clément, l'avversario più feroce di mio padre. Mi ero accordato per cedergli gli affari illegali di mio padre in cambio del mantenimento di quelli legali e della sicurezza della mia famiglia.

Saremmo stati fuori dal mondo della mafia, e sotto la sua protezione. Era un azzardo disperato, ma non potevo sopportare il pensiero di portare avanti quelle attività senza l'immensa pressione che mio padre mi faceva.

Del resto, la nostra famiglia aveva già tanto per cui chiedere scusa. Prima o poi, avrei dovuto capire come restituire qualcosa alla comunità. L'ossessione di mio padre per il potere aveva causato molto dolore. Non poteva essere questo l'unico dono della mia famiglia al mondo.

Fu allora che Dillon si materializzò nella mia mente. Era la migliore amica di Hil. Aveva curve generose, una pelle leggermente abbronzata e capelli vagamente ricci nei quali sognavo di infilare le dita.

Tutte quelle cose mi avevano trasformato in un uomo che sognava tutte le notti di stringerla a sé. Un uomo che fantasticava su come sarebbe stato alzare la mano sulla sua maglietta e avvolgere il suo seno pieno con le mie grandi mani. Era il mio faro nelle burrasche paterne e ora, l'oceano che mi separava da Dillon mi stava davanti, morto e rimpianto.

Scusandomi, prima che la mia famiglia vedesse il sorriso che lentamente compariva sul mio viso, mi diressi verso la cameretta di quando ero bambino. Non potevo aspettare nemmeno un secondo. Avevo bisogno di sentire la sua voce. Il mio cuore batteva al solo pensiero. Dovevo chiamarla.

Presi il telefono e cercai il suo numero. Con un respiro profondo, chiamai. Il mio cuore batteva con intensa aspettativa. Il telefono squillava e avevo le mani sudate.

"Pronto?" la voce di Dillon arrivò all'altro capo del filo, calda e rassicurante come sempre.

"Ciao, Dillon, sono Remy." Cercavo di mantenere la voce ferma mentre parlavo. "Volevo solo dirti che mio padre… è morto."

"Oh, Remy, mi dispiace tanto." Come tutti noi, sapeva che sarebbe successo. Ma la sua empatia mi avvolse come un'onda confortante. "Come la stai vivendo?"

La mia gola si serrò mentre lottavo per mantenere la calma. "Sto… resistendo," ammisi, il peso delle mie emozioni che minacciava di esplodere. Nel disperato tentativo di riprendere il controllo, cercai di cambiare rapidamente argomento. "Ascolta, mi chiedevo se tu potessi aiutarmi con qualcosa."

"Certo. Di che cosa si tratta?"

"Hil ha detto che vuole organizzare lei il funerale. Penso che potrebbe davvero avvalersi del tuo sostegno adesso."

Ci fu un attimo di silenzio prima che Dillon accettasse dolcemente. "Non avresti dovuto chiederlo, Remy. Farò tutto quello che posso per aiutare."

Il silenzio che seguì era carico di parole mai dette, il mio cuore era ansioso di dirle la verità sui miei sentimenti per lei. Ma non potevo costringermi a farlo, non ancora.

"Grazie. So di poter sempre contare su di te," dissi con un sorriso.

"Non c'è problema, Remy. Mi piace poterti aiutare… e anche Hil," mi rassicurò, la sua voce piena di autentica cura. "Ce la faremo tutti insieme. Basta che mi dici cosa ti serve."

Annuii, anche se lei non poteva vedermi. "Lo apprezzo."

"Lo so," disse con assoluta certezza.

Mentre riattaccavo il telefono, mi chiedevo cosa stessi facendo. Non dovevo più costringermi a conversazioni da due minuti con lei. Ero libero. Non sapevo come si sentisse nei miei confronti, ma non dovevo più nascondere i miei sentimenti per lei. Era arrivato il momento di dirlo.

Una fiamma mi attraversò al pensiero. Era una miscela di terrore ed eccitazione.

"Dopo il funerale," dissi ad alta voce. "La mia nuova vita inizia alla fine di quella vecchia."

Potevo a malapena immaginare di vivere senza nascondermi e senza segreti, ma ecco dov'ero. Stavo per accettare la verità e vedere dove mi avrebbe portato. Stare con Dillon sarebbe stato davvero così semplice? Non lo sapevo, ma l'avrei scoperto presto.

Capitolo 3

Dillon

Conclusa la chiamata con Remy, rimasi nel mio appartamento con la borsa a tracolla appesa alla spalla. Ero appena entrata dopo essere stata piantata al mio appuntamento e la voce di Remy era la prima che avevo sentito. Non riuscivo più a sentire il mio viso.

Remy mi aveva chiamata davvero? Mi chiedevo mentre il mio cuore batteva forte, spazzando via il cuore infranto di un'ora prima. Che senso aveva la sua chiamata?

Aveva detto che era per chiedermi di aiutare Hil, ma doveva sapere che lo avrei fatto comunque. No, doveva esserci qualcosa di più. Stava cercando conforto per la morte di suo padre? Per quanto avrei voluto fosse così, Remy e io non eravamo così intimi.

Quindi, il motivo della sua chiamata poteva essere un altro? Era forse segretamente innamorato di me? Non ero dunque una pazza a sognarlo per tutti questi anni?

Era per Remy che ero stata piantata al mio appuntamento quella sera. Beh, non direttamente per lui. Ma era perché avevo interagito tanto con Remy mentre Hil era sparita che avevo notato il vuoto nella mia vita. Provava le stesse cose anche lui?

Pensandoci, mi tornarono subito in mente i tanti motivi per cui Remy non avrebbe avuto alcun interesse a stare con una persona come me. Per cominciare, anche se di solito non sono un completo disastro, lo ero decisamente quando si trattava di lui. Ci sono stati due mesi dopo che Hil ed io eravamo diventate amiche in cui non riuscivo nemmeno a far uscire le parole in sua presenza.

Avevo 14 anni, non 10. E sì, anche allora era decisamente attraente. Ma non ci sarebbe stata alcuna ragione per cui avrei dovuto perdere la capacità di parlare davanti a lui.

Poi ci fu quella volta che Remy era entrato e aveva sorpreso Hil e me a guardare un film porno nella stanza di Hil. Avevo chiesto a Hil se avesse chiuso a chiave la porta, e lei mi aveva assicurato che l'aveva fatto. Quindi, quando Remy aveva fatto irruzione mentre guardavamo un video in cui un ragazzo faceva cose incredibili a una ragazza che assomigliava molto a me, avrei potuto svenire.

E infine, non dimenticherò mai il giorno in cui, avevo 16 anni, e i genitori di Hil mi lasciarono stare al loro posto mentre la famiglia di Hil portava mia madre in vacanza con loro. Avevo scuola quindi non potevo andare con loro, ma pensando di avere tutta la loro per me, avevo festeggiato ballando nuda tutta da sola nel loro attico, completa di turbante asciugamano e spazzola per capelli al posto del microfono.

Poi però Remy decise di passare a controllare casa. Non sarebbe stato così male se non fossi chiaramente eccitata e mi stessi toccando!

Le mie guance bruciano ancora al ricordo. Ma come sempre, ricordai a me stessa che l'umiliazione che avevo provato davanti a Remy non contava. Perché per quanto mi piacesse fantasticare, un ragazzo come Remy, con il suo fisico da Dio Greco, i capelli stupendi e lo status di principe della mafia, non poteva sentirsi attratto da una ragazza come me.

Inoltre, quello non era il momento di sognare. Dovevo concentrarmi e aiutare Hil in quel momento difficile. Nonostante la loro complicata relazione, sapevo quanto lei amasse suo padre. Sì, suo padre l'aveva rinchiusa nel loro attico, non permettendo mai a Hil di avere una vita sociale al di fuori di me. Ma non era perché suo padre fosse un mostro. Avevano una vita pericolosa.

Suo padre non aveva torto; l'unica volta in cui Hil riuscì a fuggire dalla protezione della sua famiglia, finì per essere rapita da uno dei rivali di suo padre. Remy e il ragazzo di Hil, Cali, dovettero andare a salvarla. Il tizio sparò a Cali in cambio della liberazione di Hil. Cali se l'era cavata, ma comunque… Hil e Remy vivevano in un mondo pazzo e suo padre aveva dovuto proteggere Hil da tutto ciò.

Quindi, nonostante tutto, il padre di Hil era stato un padre molto migliore del mio. E ora il padre di Hil era scomparso. Il mio cuore si spezzava per lei.

Respirando profondamente, mi promisi di mettere da parte qualsiasi sentimento avessi per Remy e di concentrarmi ad essere lì per Hil nelle prossime settimane. E mentre il fremito che sentivo sempre pensando a Remy si placava, di nuovo presi il telefono.

Non sapevo perché fossi nervosa, ma mentre componevo il numero di Hil, il mio cuore batteva forte. Quando la chiamata si connesse, la voce di Hil era incerta.

"Ciao, Dillon."

"Ciao, Hil… Ho appena saputo di tuo padre."

Ci fu una leggera pausa. "Davvero? Come?"

"Me l'ha appena detto Remy," dissi volendo tanto condividere quanto fosse stato magnifico lui nel farlo.

"Ah, capisco."

"Mi dispiace tanto, Hil. Come stai?" dissi desiderando di poterla abbracciare attraverso il telefono.

"È così difficile accettare che se n'è andato."

"Non riesco nemmeno a immaginare. Ma io sono qui per te, ok? Qualsiasi cosa tu abbia bisogno, ci sarò."

Hil sospirò, la voce appena incrinata. "Lo apprezzo. Ho detto a Remy che voglio occuparmi del funerale."

"Cavoli, è un bel lavoro."

"Sì, ma ho detto a Cali che volevo farlo e lui mi ha detto che mi avrebbe aiutato. Quindi, mi affiderò a lui per la maggior parte delle cose."

"È fantastico."

"Sì," disse, rimanendo poi in silenzio.

"Cosa c'è?"

"C'è qualcosa con cui potresti aiutarmi, però."

"Certo! Qualsiasi cosa. Dimmi solo quando e dove."

Il giorno successivo, Hil ed io ci trovammo in un negozio di urne. Non sapevo nemmeno che esistesse una cosa del genere, ma esiste e noi eravamo lì.

Quel posto emanava una sobria eleganza, con una luce soffusa che diffondeva un tepore caldo sui vasi lucidati e dipinti a mano. Essere lì a scegliere un'urna per l'ultimo riposo del padre di Hil, sembrava surreale. Non era solo per il significato della cosa, era anche per l'etichetta del prezzo.

Con tutto il rispetto, le urne sono solo dei vasi con dei coperchi. Come potevano costare ventiduemila dollari? Certo, erano in marmo adornato con filigrana d'oro… in ogni caso… Io potevo malapena permettermi l'autobus che avevo preso per arrivare lì.

Mentre vagavamo tra le file sfogliando la collezione di urne con diamanti, l'argomento della nostra conversazione passò da suo padre a Remy. Non fui io a cambiarlo. Ma non avrei di certo perso l'occasione di aggiungere materiale alla mia scatola dei ricordi… quando una cosa del genere sarebbe di nuovo diventata adatta… al pensiero del fratello della tua migliore amica.

"Penso di essere arrivata a fare pace con il fatto che a papà piacesse Remy più di me. Voglio dire, lo capisco. Ha la stessa necessità di mio padre di prendersi cura di tutti. L'ha sempre avuta fin da quando era un ragazzino.

"Ci sono stati momenti, quando stavamo crescendo, che lui mi faceva i peggiori dispetti da fratello maggiore. Ma se mi chiedessi chi pensavo che mi avrebbe protetto, nel caso fosse successo qualcosa di brutto, non avrei avuto dubbi: lui."

Annuii, comprendendo quanto Remy significasse per Hil. "Ti è sempre stato vicino, vero?"

"Sì, ma allo stesso tempo, non posso fare a meno di preoccuparmi per lui."

"Come mai?" chiesi, con pungente curiosità.

Hil sospirò, passandosi una mano tra i capelli. "Solo che non credo che sarà mai in grado di lasciarci alle spalle la nostra vita famigliare."

"E per "la vostra vita famigliare" intendi l'attività della vostra famiglia?

"Sì. So che ha fatto un accordo che dovrebbe liberarci, ma non sono sicura che ci sia davvero una via d'uscita."

"Tu ne sei uscita," dissi riferendomi alla nuova vita di Hil in una piccola città con il suo ragazzo nel Tennessee.

"Lo sono, ma non sono mai stata parte di quel mondo. Mio padre una volta disse a me e a Remy che l'unico modo per lasciare la famiglia era in una borsa per cadaveri. Non credo che Remy potrebbe uscire se ci provasse."

Aggrottai la fronte, non volendo credere a tutto ciò. "Penso che con la persona giusta al suo fianco, potrebbe decisamente lasciarsi indietro quella vita."

Hil mi guardò di sguincio, la sua espressione era indecifrabile. "Dillon, stai parlando di te stessa?"

Esitai, rendendomi conto di ciò che aveva capito. "Beh, intendo dire, non solo io. Ma qualcuno che tenga a lui e voglia vederlo felice."

Hil si mostrò a disagio, chiaramente non le piaceva l'idea. "Posso farti una domanda seria? Perché so che ti piace fare battute sulle cose."

"Certo che puoi. Qual è?"

"Pensi davvero che tu e Remy..."

Appena cominciò a dirlo, il mio viso si incendiò. Non ero sicura se fossi imbarazzata o semplicemente ferita, ma non potevo sopportare di sentire la fine di quello che stava per dire.

"Voglio dire, perché no?" interruppi. "È così ridicolo pensare che potrei essere la ragazza per lui?"

"No, Dillon, non è questo." Hil sospirò, la voce tesa. "Io credo che lui non vada bene per te. Sei la persona più fantastica che conosco. E se succedesse qualcosa tra voi due? Nel migliore dei casi ti trascinerebbe nel suo mondo folle.

"Dillon, ho passato tutta la mia vita a pianificare una fuga da quel posto. Potresti pentirti amaramente di stare con Remy." Hil prese un'urna e la tenne tra noi. "O peggio," disse con tristezza negli occhi.

Guardando l'urna, un brivido mi percorse la schiena. Ma nonostante quello che aveva detto Hil, non riuscivo a smettere di credere in Remy.

"Hil, se mai dovesse succedere qualcosa tra me e Remy, lui mi proteggerebbe proprio come protegge te. Non hai detto tu che è quello che fa? Pensi che potrebbe smettere di proteggere le persone se ci provasse?"

Cercando di nuovo gli occhi di Hil, vidi la sua frustrazione. Mentre riprendevamo a sfogliare il catalogo, pensai che la conversazione fosse finita.

"Sai se a Remy piacciono le ragazze come noi?" Hil sbottò all'improvviso, più forte di quanto chiunque avrebbe dovuto in un negozio di urne.

Invece di rispondere, pensai a tutti i sguardi rubati e i gesti prolungati che avevano alimentato le mie fantasie nel corso degli anni.

"Ci sono stati momenti che mi hanno fatto pensare che potrebbe," dissi candidamente.

Hil alzò un sopracciglio. "Aspetta, quando mai siete stati soli insieme?"

"Non è stato spesso," ammisi, "ma è accaduto nel corso degli anni. E quando è successo, mi ha guardata in modo tutt'altro che indifferente."

Hil sembrò ancora scettica, ma prima che potesse dire qualcosa di più, individuò un'urna che attirò la sua attenzione.

"Questa," disse alzandone una che prometteva eleganza signorile. "Cosa ne pensi?"

"È magnifica. Penso che a tuo padre sarebbe piaciuta," dissi sinceramente.

"La prenderò," disse con sicurezza. "E Dillon, per favore dimenticati di Remy. So com'è e quanto può essere affascinante, ma ti assicuro, il prezzo d pagare è alto. Non potrei sopportarlo se perdessi anche te."

Guardandola, vidi il dolore nei suoi occhi. Tirandola tra le mie braccia dissi, "Ti voglio bene, Hil. Sarò vicino a te in ogni caso."

"Non sopporterei di perderti," ripeté abbracciandomi.

Ma tenendo la mia migliore amica tra le braccia, presi una decisione. Per quanto amassi Hil, non potevo ignorare i miei sentimenti nei confronti di Remy. Dovevo almeno scoprire cosa provava Remy per me.

Se non gli interessavo, meglio così. L'avrei accettato e sarei andata avanti. Ma se c'era una possibilità che provasse i miei stessi sentimenti, dovevo coglierla.

Qualche mese fa Hil aveva rischiato, scappando dalla sua famiglia. Quel rischio l'aveva portata a trovare il ragazzo con cui passerà il resto della sua vita. Se Remy fosse quello giusto per me, dovevo saperlo. E l'avrei scoperto dopo il funerale.

Capitolo 4

Remy

Abbracciando con lo sguardo la sala conferenze elegantemente arredata dell'edificio in cui ero cresciuto, avevo notato la luce soffusa e i fiori eleganti che adornavano i tavoli. L'atmosfera era pesante per un mix di dolore e nostalgia, ma ancora si sentiva la celebrazione della vita, come doveva essere.

Gardando gli ospiti, notai mia madre, sorprendentemente socievole nonostante il calmante. Se la stava cavando meglio del previsto. I miracoli della farmacologia moderna, giusto?

Dietro di lei c'era mia sorella, Hil, e il suo ragazzo, Cali. Vedere Cali mi portava sempre un sorriso sul volto. L'imponente giocatore di football universitario, incredibilmente timido. Questo rendeva divertente prenderlo in giro.

'Vediamo, come lo potrei chiamare oggi?' mi chiesi, camminando verso di loro. Hillbilly? No, l'ho chiamato così l'ultima volta. Redneck? Troppo usato.

Inseguitore di trattori? Magnete da frigorifero? Amante della flanella?

Avvicinandosi a mia sorella in lutto, le strinsi la spalla.

"Hai fatto un ottimo lavoro con la veglia, Hil. Davvero. Tutti sono impressionati. A papà sarebbe piaciuto."

Prima che Hil potesse rispondere, mi girai verso Cali. "E in questa situazione, un ottimo lavoro significa che non ha messo una singola foto di cugini che si baciano da nessuna parte. So che per te è strano."

"Remy!" protestò Hil.

"Cosa?" chiesi innocente. "Volevo solo assicurarmi che il tuo Principe Redneck potesse seguire la conversazione. Volevo solo essere inclusivo."

Cali balbettò, volendo rispondere ma sapendo che non poteva per rispetto della situazione. L'espressione tormentata nei suoi occhi mi procurò un piacere infinito.

"Remy, non è divertente," sbottò Hil.

Finsi di essere ferito. "Hil, stai urlando contro di me oggi? Qui? Siamo alla veglia funebre di nostro padre, Hil, sto pregando," dissi sperando che il mio sorriso non fosse evidente.

Hil, a corto di parole, tacque abbastanza a lungo perché io potessi guardare alle sue spalle. Dietro di lei, in piedi da sola, c'era Dillon. Ci stava guardando. Quando i nostri occhi si incontrarono, sentii una morsa al cuore.

Mentre alzava il bicchiere alle labbra, distolse lo sguardo. Ma era troppo tardi. Ero preso. E per la prima volta da quando ci eravamo conosciuti, ero libero di ottenere ciò che volevo, e cioè frequentarla di più.

"Remy, tutto ciò che sto dicendo è…"

"…che non hai nessuna empatia per il mio dolore. Sì, sì, sì. Lo so, ma potremmo riprendere questo discorso più tardi. Ho degli ospiti dai cuori infranti da consolare," dissi a mia sorella minore, sentendomi rinfrancato.

Attraversando la stanza verso la donna che desideravo da tanto tempo, mi resi conto che quello era il momento. Le avrei detto cosa provavo per lei. Sapevo di dover essere nervoso, ma non lo ero. La vita che avevo sognato e programmato per anni era a portata di mano. Non vedevo l'ora che iniziasse.

Avvicinandomi a Dillon, non potei fare a meno di sorridere.

"Grazie di essere qui," dissi genuinamente.

"Certo," rispose Dillon, gli occhi marroni morbidi e sinceri. "Se c'è qualcosa che posso fare per aiutare, fammi sapere."

La mia mente vacillava sull'orlo di un pensiero inappropriato, ma mi dominai. "A dire il vero, c'è qualcosa che devo discutere con te."

Dillon sembrò divertita. "È divertente perché anch'io volevo discutere di una cosa con te. Ma parla prima tu."

"Veramente?" chiesi sorpreso. "In tal caso, ti prego, prendi la parola," insistetti cortesemente.

"No, parla tu per primo. Io posso aspettare."

"No, no. Credo che dovresti parlare tu per prima," dissi mostrandole il tipo di fidanzato che sarei stato per lei.

"Remy, per favore," disse toccandomi l'avambraccio.

Un'ondata di calore mi attraversò. Ora non potevo più resistere alla sua richiest.

"Hai ragione. Quello che ho da dire potrebbe influenzare quello che hai da dire tu, quindi dovrei parlare per primo."

"Oh!" disse Dillon, presa di sorpresa. "Va bene," concordò nervosa.

Mi raddrizzai, la serietà si rifletté sul mio volto. "Ho pensato a te… a noi. E… non so."

Il suo colorito abbronzato divenne rosso intenso e posò le sue dita delicate sul mio petto. "Aspetta, prima che tu lo faccia, devo dirti una cosa."

"No, davvero, voglio dire prima io."

Dillon insistette: "Non farlo finché non dico quello che devo dire."

"Oh, cavolo!"

"Non è niente di male. Te lo prometto," mi rassicurò Dillon prima di notare che stavo guardando qualcosa alle sue spalle. "Cosa c'è?"

"Torno in un attimo e ti prometto che continueremo questa conversazione," dissi, staccandomi da lei a malincuore.

Attraversando la stanza, mi diressi verso Armand Clément, il più grande rivale di mio padre e l'uomo con cui avevo fatto il mio accordo. In cambio della mia uscita dal mondo della mafia, avevo accettato di lasciargli gli affari illeciti di mio padre.

In cambio, avrei mantenuto le aziende che avevo creato da zero. In più, la sua organizzazione avrebbe offerto protezione alla mia famiglia. Lo avevo considerato un accordo vantaggioso per entrambi. Lui avrebbe ottenuto ciò per cui lui e mio padre avevano versato sangue, e io sarei stato libero di avere ciò che avevo costruito… e Dillon.

Io, mia madre e Hil, non gli avremmo dovuto più nulla. Non avremmo mai dovuto vederlo di nuovo.

Eppure, eccolo lì, affiancato dai suoi due sicari e da una splendida bionda abbastanza giovane da essere sua figlia. Contenendo il mio impulso di strangolarlo, mi avvicinai a lui fino ad essere abbastanza vicina da sentire il suo alito.

"Cosa ci fai qui, Armand?" chiesi senza concedergli spazio.

"Remy, sono qui per rendere omaggio a tuo padre," rispose con un pizzico di sarcasmo.

"Cazzate. Se avessi voluto mostrare rispetto non avresti messo piede nel territorio di mio padre."

"Ma questo non è più il territorio tuo padre. È mio. Tutto mio. Grazie a te."

"E il nostro accordo era che tu ti saresti tirato indietro e ci avresti lasciato vivere le nostre vite."

"No," Armand corresse con un sorrisino. "Il nostro accordo era che ti avrei trattato come un membro della famiglia. Quindi, sono qui… per la famiglia."

Guardai il suo volto compiaciuto desiderando massacrarlo di pugni. Non potevo, però, non lì, né in quel momento.

"Lascia perdere la merda e arriva al punto, Armand. Perché sei qui?"

L'uomo dalle cicatrici sul viso, con una corporatura edificata sull'indulgenza, rilasciò un sorriso da serpente.

"Ecco perché mi piaci. Vai sempre dritto al punto. Va bene, ecco cosa c'è. Ho fatto qualche ricerca. Risulta che gli affari che ho permesso di lasciarti valgono un po' più di quanto avessi immaginato. I miei conti dicono più di un miliardo."

"Intendi gli affari che ho costruito da zero senza l'aiuto di mio padre?"

"No, intendo quelli che hai costruito sulle spalle dell'impero di tuo padre—un impero che ora è mio."

"Non è andata così. Mio padre non ha avuto nulla a che fare con le mie società."

"Ma i suoi soldi sì. Soldi che sono usciti dal sangue del mio popolo, a mie spese."

Strinsi le mani a pugno, lottando per mantenere la calma. "Armand, ti ho dato tutto il resto. Cosa vuoi di più?" esclamai.

I suoi occhi brillavano di malizia. "In realtà, quello che voglio è farti un'offerta generosa. Non chiederò la quota delle tue aziende, come molti direbbero che merito. Ti darò invece un modo per garantire che nessun danno arriverà mai a coloro che ami."

"E in che modo?"

"Unendo le nostre famiglie." Fece un gesto verso la giovane donna che stava al suo fianco. "Voglio che tu sposi mia figlia, Eris."

Lo guardai sorpreso, poi risi. "Dev'essere uno scherzo."

Il viso di Armand si fece duro. "Non è un gioco, Remy. Sposa mia figlia e le nostre famiglie saranno collegate da più che semplici affari. Non offro questo accordo alla leggera. Rifiuta e lo prenderò come un grave insulto."

Il mio sguardo passò da Armand alla bellissima donna accanto a lui, poi a Dillon, che osservava attentamente dall'altra parte della stanza. Sapevo cosa Armand stava suggerendo, ma non importava. Non potevo farlo. Non l'avrei fatto.

"Ascolta, apprezzo l'… offerta, ma non posso sposare tua figlia," dissi.

Lui restrinse gli occhi. "Ti suggerisco di ripensarci, Remy. Non vorrai insultarmi. Soprattutto non su questo. Se lo farai, ci saranno… delle conseguenze."

Sentendo la sua minaccia, il mio cuore iniziò a battere all'impazzata. Valutando rapidamente le mie opzioni, guardai di nuovo attorno alla stanza. Ero in una situazione impossibile. Non potevo mettere a rischio la sicurezza della mia famiglia, né potevo mettere in pericolo Dillon. Ma sposare Eris voleva dire rinunciare a qualsiasi possibilità di stare con Dillon, la donna che amavo.

Come potevo fare una cosa del genere? Non potevo farlo. Ma come potevo non farlo?

Le mani carnose di Armand afferrano il mio bicipite tirandomi da parte e riportandomi alla realtà. Stavo per dirgli di andare all'inferno e affrontare le conseguenze, quando abbassò la voce parlando da uomo a uomo.

"Vedo che sei in conflitto. Forse c'è un'altra persona con cui preferiresti stare?"

"Vieni al dunque," insistetti, non intenzionato a discutere dei miei sentimenti con lui.

"Voglio dire, noi siamo uomini. E uomini come noi non possono essere contenuti. Non me lo aspetterei da te. Tutto ciò che mi aspetto da te è un matrimonio e un erede. Dopo di che, chi può dire cosa fai? Vivi la tua vita senza insultarmi e non mi importerà quello che combini."

Guardai Armand basito. Mi stava proponendo di tradire sua figlia?

"Nella mia famiglia, è tradizione," confermò, facendosi odiare ancora di più.

La mia mente correva, alimentata dall'ira e dalla impotenza. Considerai di rifiutarmi di nuovo quando vidi il suo scagnozzo e l'uomo a forma di botte tirò indietro la giacca rivelando la canna di una pistola. Armand era pronto per uno scontro. Non potevo permettere che ciò accadesse in una stanza piena di persone a me care… e Cali.

Mentre i miei pensieri correvano velocemente verso il panico, serrai i denti e dissi: "Va bene!" Mi uscì dalla bocca prima che sapessi cosa stessi dicendo.

"Cosa hai detto?"

La mia mascella si serrò dopo un momento di riflessione sulla situazione. Aveva ragione lui.

"Sposerò tua figlia," gli dissi basito dalle parole che stavano uscendo dalla mia bocca.

Il sorriso di sufficienza di Armand tornò. Allontanandosi rapidamente da me, si rivolse ai presenti attirando la loro attenzione.

"Signore e signori, ho grande rispetto per l'uomo che siamo qui a onorare oggi. Potremmo aver avuto i nostri diverbi, ma il tempo dei disaccordi è finito.

"A tal proposito, vorrei annunciare una lieta notizia in questo giorno altrimenti triste. Si tratta del fidanzamento di mia figlia, Eris, con Remy Lyon, un'unione che porterà pace e prosperità per tutti. Che la nostra un tempo amara rivalità finisca qui e che le nostre grandi famiglie si uniscano ora in una.

"Facciamo un applauso ai novelli sposi," comandò con un sorriso che gli spaziava da un orecchio all'altro.

Un applauso educato, ma confuso riempì la stanza. Lo stupore era impresso sul volto della mia famiglia. Era surreale. Cosa avevo fatto? La realtà della mia decisione non mi colpì fino a quando Dillon non mi guardò con occhi pieni di sgomento. La sua delusione e il suo dolore erano ineludibili.

L'eccitazione frizzante che avevo provato pensando di parlare con lei era sparita. Al suo posto, un vuoto doloroso e desolante. Avevo rinunciato alla possibilità di amarle. E per cosa?

Ma guardandola, mi resi conto che, dopo essere stato così vicino ad averla, non potevo semplicemente lasciarla andare. Anche se non potevo stare con lei, dovevo averla vicino a me. Sapevo di doverle offrire qualcosa.

"Dillon," la chiamai, mentre si dirigeva verso il retro con l'aria di chi sta per piangere. Si fermò. Raggiungendola, le presi il braccio con la mano. Era così piccola. Tirandola a me, si rifiutò di guardarmi.

"Era questo quello che dovevi dirmi? Che avresti sposato quella donna?" sibilò, stretta nella gelosia.

"No. Non era affatto quello."

"Quindi non avresti detto niente a riguardo?" disse finalmente guardandomi negli occhi.

"Non è quello che intendevo."

"Cosa allora?"

Aveva ragione. Cosa le avrei detto? Dovevo dirle che avevo appena venduto la mia anima per la vita di tutti lì dentro? Era la verità. Ma non volevo nemmeno apparire un martire.

No, avevo avuto altre opzioni e avevo fatto la mia scelta. Ora dovevo conviverci. Ma questo non significava che avrei lasciato andare Dillon. Secondo Armand, non avrei dovuto nemmeno farlo. Anche se, la mia proposta di farla diventare la mia fidanzata probabilmente doveva cambiare.

"Pensi di poter lavorare per me? Avrei bisogno di qualcuno di fidato nella mia attività."

Ella esitò, il suo sguardo fisso nel mio. Presa alla sprovvista, sembrò confusa.

"Remy, sai che sono ancora all'università, vero? Ho ancora almeno un anno prima di laurearmi."

"Ma è quasi l'inizio delle vacanze estive, no? E quando ti laureerai, avrai bisogno di esperienza lavorativa. Quindi, a tal proposito, vorrei assumerti come mia…"

"…segretaria?" interruppe Dillon.

La guardai sorpreso dalla sua modesta supposizione. Avevo improvvisato l'idea sul momento, quindi in realtà non sapevo cosa le stavo per proporre. Ma era utile conoscere le sue aspettative.

"No," risposi. "Come assistente. Mi aiuterai ogni giorno e sarò in grado di avvalermi della tua collaborazione ogni volta che ne avrò bisogno."

"Sembra il lavoro di una segretaria," insistette Dillon.

Scossi la testa, "Non lo è."

"Dovrei sedere a una scrivania fuori dal tuo ufficio?"

L'idea di poter alzare lo sguardo in qualsiasi momento e vederla me lo fece immediatamente desiderare oltremisura.

"Sicuramente. Quella parte non è negoziabile."

"Quindi una segretaria," concluse lei, senza dare a vedere come si sentisse riguardo all'idea.

"Chiamala come vuoi. L'unica cosa che conta per me è, accetti o no?"

Capitolo 5

Dillon

Ero seduta nel caffè elegante di Soho, strofinando le mie mai sudate contro i jeans, aspettando Hil. Il mio cuore batteva veloce, chiedendomi cosa avrebbe detto riguardo al fatto che avessi accettato la proposta di lavoro di Remy. Aveva ragione sul fatto che Remy non avrebbe lasciato il mondo della mafia. E ora ci stavo entrando anch'io di mia spontanea volontà.

Quel caffè era un mix di moderno e vintage, con pareti in mattoni a vista, sedili in pelle liscia e un'atmosfera calda e invitante. Era un luogo che frequentavamo da ragazzi. Molti dei nostri pomeriggi estivi li abbiamo trascorsi lì a sorseggiare caffè, immaginandoci più adulti di quanto non fossimo con la guardia del corpo di Hil seduta a qualche tavolo di distanza.

Vidi lo stesso ricordo negli occhi di Hil quando entrò. Le regalai un sorriso nervoso quando il suo sguardo si posò su di me, e lei si fece strada verso il mio tavolo.

"Ho scelto questo posto perché pensavo che ti facesse tornare in mente alcuni ricordi," le dissi quando si sedette.

Hil guardò in giro, osservando l'ambiente familiare.

"Se non fosse per te, non saprei nulla su New York," ammise. "Venivamo qui fingendo di essere adulte. Ora io vivo con il mio ragazzo e tu sei a un anno dalla laurea. È strano."

"Sì. Strano," dissi con un riso, la nostalgia mi riscaldava nonostante la mia ansia.

Respirando profondamente, assorbii l'ultima traccia della nostra vecchia dinamica e dissi, "Hil, Remy mi ha offerto un lavoro."

La sua espressione rimase indecifrabile. "Non dovresti accettare, Dillon," disse con fermezza.

Mi si riempirono gli occhi di lacrime. Guardando in grembo, mormorai, "Va bene."

Una lacrima scivolò giù per la mia guancia, e la mano di Hil si avvicinò per confortarmi.

"Perché stai piangendo?" chiese dolcemente.

Esitai, incrociando il suo sguardo. "Perché pensi che non sia abbastanza brava per la tua famiglia?"

Hil sospirò, i suoi occhi si riempirono di preoccupazione.

"Non è per niente così, Dillon. Non è per niente così. Per tutta la mia vita, mi sono sentita intrappolata nella folle vita della mia famiglia. Non voglio che tu ti unisca a me in questa cella." Fece una pausa, rimuginando. "Non sai cosa significhi crescere in quella gabbia di attico, dove l'unico amico che ho m'ha presa in amicizia per pietà."

Scossi la testa, negando la sua affermazione. "Non è per questo che siamo amiche, Hil. Siamo amiche perché ti voglio bene." La mia voce tremò mentre continuavo, "E sono davvero stanca che la tua famiglia mi faccia l'elemosina. Ne sono grata. Non pensare che non lo sia. Ma voglio andare avanti con le mie gambe.

"Se accettassi l'offerta di Remy, forse potrei farlo. E forse se mi guadagnassi il mio posto, potrei invitarti fuori invece di dipendere sempre dalla tua generosità."

Avendo sentito ciò che dicevo, Hil si asciugò gli occhi, tremando.

"Non voglio che tu ti coinvolga con Remy, Dillon. E non perché non sei abbastanza brava per la nostra famiglia. Ti considero già come una sorella."

"Allora, non capisco. Perché non vuoi che stiamo insieme?"

"Perché ho bisogno di te, Dillon. E so che se ti coinvolgessi con lui, farebbe qualcosa che ti porterebbe a farti soffrire. Se dovesse succedere, ti renderai conto che sei troppo buona per gente come noi, e poi... non vorrai più essere amica mia," ammise mentre le lacrime continuavano a scorrere.

"So che è egoista, ma non potrei sopportare di essere di nuovo sola, Dillon," aggiunse Hil, la voce incrinata. "E tu sei tutto quello che ho. Non voglio perderti."

Tesi la mano e strinsi la sua. "Hil, nulla potrà mai rompere la nostra amicizia. E non sarai mai più sola. Non solo hai Cali, ma io non andrò da nessuna parte. Te lo prometto."

Hil sorrise tra le lacrime, annuendo. "Sono così fortunata ad avere voi due. Ma per favore, promettimi che non ti coinvolgerai con Remy. Farò qualsiasi cosa. Se hai bisogno di più soldi, posso far aumentare la tua borsa di studio."

Scossi la testa. "Non voglio quello, Hil. Voglio iniziare a guadagnare i miei soldi. E voglio accettare l'offerta di lavoro di Remy con la tua benedizione."

Hil esitò per un momento, poi alla fine cedette. "Va bene, Dillon. Hai la mia benedizione. Ma promettimi una cosa: non cedere al fascino di mio fratello."

Sorrisi. "Lo prometto."

"Grazie," disse abbracciandomi.

Tenendola stretta, mi guardai attorno al locale in cui una volta avevamo finto di essere adulte e mi domandai se avessi fatto una promessa che potevo mantenere.

Una settimana dopo aver accettato l'offerta di lavoro di Remy, entrai nel suo elegante palazzo di Brooklyn per il mio primo giorno lavoro. Non sapevo cosa aspettarmi, ma quando Remy uscì dal suo ufficio per salutarmi, il mio reggiseno di pizzo non riuscì a nascondere la mia eccitazione.

L'abbagliante figura di Remy, alto quasi due metri e con un fisico muscoloso, riempiva una camicia bianca come se fosse stata dipinta su di lui. E con le maniche arrotolate, i suoi tatuaggi sugli avambracci erano ben visibili. Riuscii a malapena a parlare, sentendo un'ondata di desiderio che mi travolgeva. Era come se avessi di nuovo quattordici anni.

"Dillon, sono molto felice di averti finalmente..."

"... qui?" balbettai.

"Dove preferisci," rispose con un sorriso e abbastanza accennato da farmi cadere in ginocchio. "Ora, il primo punto della nostra agenda, vieni con me," disse rapidamente passando a un tono serio.

"Dove stiamo andando?" chiesi, la mia voce suonava debole poiché a malapena avevo avuto il tempo di posare le mie cose.

"Facciamo una riunione a piedi. Suona professionale, giusto? Sì, facciamo una riunione professionale a piedi," disse, guidandomi fuori.

"Dovrò prendere appunti?" risposi raggiungendo il mio telefono e cercando un barlume di professionalità.

Mentre lo tiravo fuori e navigavo alla mia app di appunti, guardò il mio antico dispositivo e sospirò.

"No, proprio no. La prima cosa nella tua lista, procurati un nuovo telefono. Diciamo che sarà un telefono aziendale, ma è tuo. Prendi quello che preferisci," disse con autorevolezza.

"Va bene," risposi, sorpresa della sua generosità.

"La prossima cosa in agenda, c'è una crêperie giapponese non lontano che muoio dal desiderio di farti provare," affermò Remy.

"L'hai pensato per me?" chiesi, cercando di mantenere la calma nonostante a malapena riuscissi a vedere dritta.

"Sì. Ho mangiato lì in Giappone, poi di nuovo a Taipei. Quando ho scoperto un locale proprio qui vicino, ho pensato: 'sai chi adorerebbe questo posto? Dillon. Dillon ne andrebbe matta.' E ora eccoti qui."

"Eri sicuro che mi sarebbe piaciuto?" chiesi, sopraffatta dal suo fascino contagioso.

"E ora eccoti qui," ripeté.

"E ora eccomi qui," confermai, cercando di concentrarmi su qualcosa che non fosse il modo in cui la camicia di Remy aderiva ai suoi muscoli.

Avvicinandomi al locale, notai una lunga fila che si snodava fuori dalla porta. Remy sorrise malizioso, tirando fuori il suo telefono.

"Hanno un'app?" osservai, alzando un sopracciglio.

"Non ce l'avevano," confessò Remy. "Ma poi ho provato una delle loro crepes, ho comprato l'azienda e poi ho creato loro un'app."

Ridacchiai. "E c'è ancora la fila."

"L'app è ancora in versione beta. Volevo testarla a fondo prima di metterla a disposizione del pubblico," spiegò con un sorriso maligno.

"Quindi è la tua app personale per avere le crepes giapponesi quando vuoi?" chiesi, il cuore in tumulto per l'intensità del suo sguardo.

Remy sorrise malizioso. "Devi vederli preparare. È molto bello."

Mentre guardavamo l'impasto delle crepes che veniva spalmato e girato su una piastra circolare calda, ne rimasi affascinata. Una volta cotta, ci venivano disposte sopra delle banane a fette e arrotolate. Riempita di gelato e cosparsa di panna montata, veniva bruciata con un cannello fino a diventare una crème brûlé. Sembrava una cosa fantastica! Ma nulla avrebbe potuto prepararmi al mio primo morso.

"Mio Dio!" esclamai, i miei occhi minacciavano di saltare fuori dalle orbite.

"Vero? Miglior milione che abbia mai speso," disse Remy con un sorriso soddisfatto.

Tossii, sentendo quella cifra. Ma poi presi un altro morso.

"Sì, probabilmente," concordai mentre continuavo a mangiare.

Seduta a un tavolo per due di fronte all'uomo di cui ero innamorata da tutta la vita e a mangiare il dessert più incredibile che avessi mai assaggiato, mi sentivo in paradiso. Volevo che quel momento non finisse mai. Quando finì e rimasi a immergermi dentro e fuori dalle pozze dei suoi occhi, tirai fuori ciò che era ovvio.

"Allora, sono qui. Mi hai. Puoi fare di me quello che vuoi. Qual è il mio lavoro? E se dici tester per l'app delle crepes giapponesi, sappi che farò la prova del nove a quella cosa."

Remy rise. "Se è quello il tuo sogno, vai avanti. Personalmente, finché ti presenti ogni giorno bellissima come sei, non mi importa cosa fai. E, tra l'altro, stai facendo un ottimo lavoro fino ad ora."

Roteai gli occhi giocosa nascondendo che la combinazione di reggiseno/camicetta aveva perso un altro round contro i miei capezzoli. Ma alla fine, quando fui in grado di alzarmi di nuovo, ci alzammo e tornammo in ufficio.

"Allora, di cosa si occupa effettivamente la tua attività?" chiesi mentre il sangue ritornava lentamente al mio cervello.

"Durante l'ultima crisi economica, molte aziende erano a corto di liquidità. Ho fornito loro il capitale per sostenere le spese in cambio di una quota nell'azienda e tassi di interesse generosi."

"Aspetta, sei un usuraio?" esclamai all'improvviso.

Remy scoppiò a ridere. "Quando sei ricco, si chiama essere un investitore di Serie C."

Ci avvicinammo alla porta dell'ufficio e entrammo. "La 'C' sta per cazzuto? Perché è quello che sono gli usurai," scherzai.

"Ufficialmente, no. Ma siamo realisti. A volte un po' di cazzutaggine è quello che alcune persone cercano," rispose Remy, sorridendo malizioso.

Arrossii. "Non so nulla di tutto ciò."

"Sei più familiare con i cazzuti grossi? Non avrei mai immaginato una cosa del genere su di te. Ma stai tranquilla, signorina Harris, la mia azienda può darti una mano."

Sapendo che stavo arrossendo come un peperone, passai lentamente la mano sulla parte anteriore della mia camicetta, chiedendomi quanto si notasse. Ma sentendo qualcuno schiarirsi la voce, alzammo entrambi lo sguardo. Vedendo chi stava davanti a noi. Io rimasi paralizzata dal panico.

Capitolo 6

Remy

Vedere Eris Clément nella sala d'attesa del mio ufficio mi strappò dal sogno che mi ero brevemente concesso e mi riportò alla realtà. La principessina viziata di Armand era seduta con posa elegante sulla mia chaise longue di Le Corbusier con i suoi boccoli biondi perfetti e gli occhi azzurro ghiaccio che esprimevano chiaramente il suo disgusto per qualsiasi cosa le ostacolasse la strada.

Istintivamente, mi voltai verso Dillon al mio fianco. Era chiaramente turbata.

"Cosa fai qui?" chiesi, infastidito.

Eris offrì un sorriso malizioso. "Non può una ragazza fare una semplice visita al suo futuro marito sul lavoro?" chiese, facendo rabbrividire ogni singolo pelo del mio braccio. Mentre digrignavo i denti, aggiunse: "Ti ho portato un regalo di fidanzamento, Silly."

"Cosa?" chiesi, spiazzato dal suo gesto. Cosa stava facendo?

"Le cose tra noi possono non essere iniziate come entrambi avremmo voluto, ma possiamo comunque sfruttare al meglio la situazione, giusto?" indicò una scatoletta sul tavolo. "Aprila."

Esitai ancora cercando la reazione di Dillon. Era tanto confusa quanto me. Tornando alla scatola azzurra pallida col nastro bianco, la raccolsi e la fissai."

"Non è una bomba, Remy. Sono seduta qui con te," disse sarcastica.

Volendo terminare quello scambio, tirai indietro il nastro e sollevai il coperchio. Dentro c'era un orologio che mi tolse il fiato.

"Come sapevi che colleziono orologi?" balbettai, guardando Eris.

"Remy, sei un uomo di classe e gusto. Era ovvio che collezionassi orologi," rispose lui con un sorriso compiaciuto.

Dillon si avvicinò, la curiosità ebbe la meglio su di lei. "Cos'è?"

"È un Richard Mille RM 56-02 Tourbillon Sapphire. È un orologio molto raro," dissi cercando di ricordare l'ultima volta che ne vidi uno dal vivo.

Dillon si chinò per dare uno sguardo più da vicino. " È trasparente, è come se le parti che trattengono le lancette fluttuassero tra i vetri. È stupendo," ammise lei.

Guardai lei, poi tornai su Eris. "Sì, è stupendo per due milioni di dollari," dissi, lottando per trovare le parole giuste. "Non posso accettarlo. È troppo."

Eris incrociò le braccia. "Sarò tua moglie, Remy. Niente è troppo per il mio futuro marito."

Vedendo l'espressione scossa di Dillon, mi ripresi. "Sì, lo cercavo," dissi casualmente.

Gli occhi di Eris brillarono quando chiese, "Posso mettertelo?"

Combattendo l'impulso di rifiutarla, cedetti mentre lei infilava l'orologio al mio polso. Ancora sopraffatto da quello che stavo guardando, dissi, "Eris, non so come ringraziarti."

"Io sì," rispose lei con un sorriso malizioso. "Non toglierlo mai."

Scherzosamente, risposi, "Non sono sicuro di volerlo."

"E… licenziala," continuò Eris, annuendo verso Dillon.

"Cosa?" chiesi, di nuovo colto alla sprovvista.

"Credo che tu mi abbia sentita," disse lei compiaciuta.

"Non posso," dichiarai, lanciando uno sguardo a Dillon, che sembrava in stato di shock.

Eris sbeffeggiò. "Perché no? Le segretarie si trovano a dozzine, non è vero? Ed è un modo così facile per rendere felice tua futura moglie."

La guardai sentendo un fuoco che avrebbe potuto fondere l'acciaio. "Dillon non è la mia segretaria," dissi cercando di non esplodere.

"Ah, davvero?" chiese Eris, stringendo gli occhi. "Cos'è, allora, la tua amante? Perché, matrimonio forzato o no, non sarò umiliata come mia madre," disse, svelando il suo pensiero. Riprendendosi rapidamente, si fermò. Raddrizzando la schiena aggiunse, "Ti farò vedere le stelle prima di permettertelo." E poi sorride come se avesse appena condiviso una debolezza per il cioccolato.

La guardai, stupefatto. Non c'era dubbio: Eris era la figlia di Armand. Dopo aver lasciato che la minaccia aleggiasse nell'aria per un momento, rise. Quella donna era pazza. Ero sicuro che fosse capace di uccidere come suo padre.

Sapendo di dover fare qualcosa prima che le cose degenerassero, mi misi tra Eris e Dillon.

"Vediamo di capire bene come stanno le cose."

Eris alzò un sopracciglio. "Eh? E come sarebbero?"

Esitai solo un attimo prima di dire, "Ho assunto Dillon per dirigere un progetto speciale, per il quale è l'unica persona qualificata."

Eris non sembrò convinta. "E quale?"

Cercando di pensare rapidamente, dissi, "Lei è qui per creare un centro di assistenza alla comunità."

"Cosa?" chiese Eris, improvvisamente confusa.

"Davvero?" chiese Dillon, altrettanto sorpresa.

"Certo," confermai. "Avevo intenzione di farti fare un periodo di prova con la compagnia per assicurarmi che lavorassimo bene insieme prima di offrirtelo, ma immagino che quella nave sia ormai salpata."

Eris incrociò le braccia, ancora sospettosa. "Un centro di assistenza alla comunità."

Feci un cenno. "Certo. Quello che non sai è che Dillon è una delle beneficiarie della nostra borsa di studio di famiglia. Non solo, proviene dal tipo di comunità che spero di raggiungere. Sua madre è la nostra governante. Dillon è praticamente un membro della famiglia."

Eris considerò questo. "Quindi, è come se fosse tua sorella?"

"È la migliore amica di mia sorella, e la nostra famiglia si è presa cura di lei da quando aveva quattordici anni," spiegai.

Eris si sforzò di sorridere.

"Oh, è il tuo caso di beneficienza familiare. Beh, capisco."

"Non lo formulerei così, ma hai colto il punto."

"Certo," disse Eris, alleggerendo il tono. "Per un minuto, ho pensato che sarebbe stata un problema fra, sai, noi."

"Scherzi? Pensi che mi piaccia una come lei?" chiesi pentendomi non appena lo dissi.

Eris si rilassò e rise. "Sì, credo che sarebbe stato sciocco. Uomini come te non sono attratti da… ehm… sai… Ragazze in carne," disse strisciando verso di me mettendomi le mani sul petto e avvicinando le sue labbra alle mie.

La presi per i polsi e la allontanai delicatamente. "Ma solo perché non mi piace lei, non significa che io mi innamorerò mai di te. Eris, non accadrà mai. Penso che dovremmo chiarire questo ora. Ho accettato di sposarti e, se necessario, avremo dei figli. Ma è tutto. Non ci sarà mai nient'altro."

Eris non sembrò convinta. "Mi sembra che tu mi stia sfidando."

"Non l'interpreterei così," dissi, stringendo gli occhi su di lei.

"E bla, bla, bla," disse lei con disinvoltura.

Risi mio malgrado. "Devo essere più chiaro?"

Eris alzò un sopracciglio. "Devo esserlo io? Alla fine, ti innamorerai di me."

"Eris…"

"Maritino," disse facendomi tacere, la voce stillante sarcasmo.

"E io che avevo paura che il nostro matrimonio fosse noioso," disse. "Goditi il dono. E tu," aggiunse, puntando il dito contro una Dillon sbalordita, "ricorda che c'è spazio su quel piatto."

"Eris!" esclamai, immediatamente andando su tutte le furie.

"Scherzo," disse, alzando gli occhi al cielo. "È stato un piacere conoscerti, Dillon. Rendi orgogliosa la nostra famiglia."

Prima che potessi dire altro, Eris si voltò sui tacchi, i suoi capelli biondi oscillavano mentre se ne andava. Quando chiuse la porta alle sue spalle, un pugno mi strinse il cuore mentre consideravo quello che Dillon avrebbe detto.

Capitolo 7

Dillon

Il mio cuore batteva all'impazzata mentre cercavo di elaborare ciò che era appena successo. L'umiliazione che provavo per le parole di Remy e la presenza di Eris mi avevano lacerato il petto. Tutto questo aveva eroso la mia autostima come nient'altro avrebbe potuto fare.

Non solo aveva messo in discussione il mio ruolo nel loro mondo sfarzoso, ma aveva anche riso all'idea di poter essere attratto da me. Quanto ero stata ingenua a pensare che qualcuno come Remy potesse essere interessato a una persona come me. Ero solo il "caso di carità" della sua famiglia che ora era "la persona unicamente qualificata" a dare a Remy ciò che lui voleva.

"Quindi è tutto quello che rappresento per te?" dissi rivolgendomi a lui, la voce che mi si spezzava. "Una causa di beneficenza? Qualcuno per colmare un vuoto nel tuo piccolo mondo perfetto, visto che sono povera e meticcia?"

Remy sembrò sorpreso dal mio sfogo. "Dillon, non è questo che intendevo—"

"Oh, certo, ma sembrava proprio così!" ribattei, ormai assalita dalle insicurezze.

Per un momento, Remy rimase in silenzio. Quando parlò, la sua fiducia sparì. Bene, meritava di sentirsi come mi sentivo io.

"Per favore, aiutami a capire cosa ho detto che ti ha ferito," disse Remy con fatica.

Per quanto volessi arrabbiarmi con lui, la sua vulnerabilità smorzò rapidamente la mia rabbia. In tutti gli anni che lo conoscevo, non avevo mai visto quel lato di lui prima. Ciò mi fece innamorare di lui ancora di più. Mi odiavo per questo.

Con le resistenze quasi totalmente abbassate, fissai i suoi occhi. Riducendo a forza un nodo in gola, mi resi conto che stavo per dirgli qualcosa che non avevo mai condiviso con nessuno.

"Tu non sai questo di me perché non l'ho mai detto a nessuno prima, ma so di essere praticamente l'animale domestico di Hil. Lei era solitaria e aveva bisogno di un amico, così la tua famiglia è andata al canile delle persone povere e ha trovato me."

"Cosa?" disse Remy fingendosi sconvolto.

"Non negarlo. So cosa pensano gli altri quando mi vedono con Hil o con te. Non mi vesto come voi, non vi assomiglio. Non mi inserisco," ammisi, la voce mi tremava.

"Ogni tanto, mi concedo di credere che potrei davvero avere un posto nel tuo mondo, che potrei essere qualcuno di cui ti importa veramente. Ma ogni volta torno all'amara realtà, sentendomi non più che una povera amica di colore tenuta solo per risate."

Remy ascoltò, i suoi occhi non si staccavano dai miei. Quando ebbi finito, non sapeva cosa dire. Non pensavo ci fosse nulla che potesse dire. Sapevo di avere ragione.

Ma quando il suo sguardo si abbassò, ritrovò la sua voce e una tranquilla sicurezza.

"Dillon, voglio condividere una cosa con te. È quello che mio padre mi disse una volta. Disse, "Quando accetti il tuo vero io, arriva la ricompensa"."

Lo guardai, una piccola parte di me osava sperare che forse non stesse parlando solo di filosofie di vita e che forse stesse parlando di noi.

"Accettarsi non è mai facile, e può spaventare," continuò Remy. "Ma… forse le tue origini ed esperienze non sono i tuoi punti deboli, ma i tuoi punti di forza. Posso assicurarti che nessuno nella mia famiglia ti ha mai visto come ti sei descritta. E io, per primo, penso che tu valga molto di più di quanto ti dia credito. Quindi sentire cosa pensi di me, e di te stessa, mi spezza il cuore," disse quasi in lacrime.

Persa nelle parole dell'uomo di cui ero stata innamorata per tanto tempo, sfiorai un'idea che era allettante, ma appena fuori dalla mia portata. Il mio cuore batteva al pensiero. Poteva esserci una forza nelle cose da cui ero scappata per così tanto tempo? Non lo pensavo. Ma, ancora, e se così fosse? Che cosa avrebbe significato per me?

"Io…"

"Cosa?" chiese quando mi interruppi.

No, non potevo fare questo. "Remy, io…"

Sentendo il mio tono, mi interruppe.

"Dillon, ascolta, non posso fingere di sapere come ci si sente ad essere te. Sono bianco. Sono ricco. Sono incredibilmente bello," disse attirando la mia attenzione sulla breve ricomparsa del suo sorrisetto presuntuoso. "Voglio dire, non so cosa significhi essere te, ma mi piacerebbe saperlo. E, ero sincero sul fatto di farti creare un centro di assistenza alla comunità per me e la mia famiglia.

"Ammetto che non ci avevo pensato fino a quando non sono stato costretto a farlo. Sarei stato del tutto contento di averti semplicemente presente ogni giorno in ufficio per poterti vedere," disse con un sorriso.

"Remy," cominciai, non in grado di sopportare il suo flirt ora che sapevo che non provava sentimenti per me.

"Pensaci," disse lui, prendendomi leggermente il braccio nella sua grande mano. "Pensa a quanto bene potresti fare. Per favore, fai solo questo. Lo farai?"

Considerai la sua offerta per un momento. Non era una cattiva. E sarebbe stato molto meglio se una persona come me creasse quel centro, piuttosto che lui o Hil, comportandosi come i grandi salvatori bianchi.

"Lo prenderò in considerazione," gli dissi, chiedendomi se stessi facendo un errore solo per aver risposto in quel modo.

Remy sorrise a trentadue denti. "Fantastico. Pensa anche a dove posizionerai il centro. Potrebbe aiutarti a prendere una decisione."

"Vuoi dire, potrebbe aiutarmi a decidere di fare quello che tu vuoi che io faccia?" chiesi con sarcasmo.

"Certo," replicò con la stessa misura. Lasciando svanire il suo sorriso presuntuoso, aggiunse, "Ma seriamente Dillon, voglio che tu faccia ciò che senti giusto. Nonostante quello che pensi, mi importa davvero di te. Farei qualsiasi cosa per farti felice."

'Tutto tranne che amarmi,' pensai. "Va bene," gli dissi prima di concludere la mia giornata in anticipo e di tornare a casa.

Mentre il treno verso il mio appartamento nel New Jersey brontolava sotto di me, la fantasia che avevo cullato di Remy e di me insieme, sembrava un sogno lontano. Non riuscivo a scrollarmi di dosso il tormento di quello che aveva detto di me a Eris. La sua risata al pensiero di provare sentimenti per me echeggiava nelle mie orecchie. Il peso di quel suono era un crudele monito che lui non poteva, semplicemente non poteva, provare quello che provavo io.

Appoggiando la testa al vetro freddo del finestrino del treno, la scena con Eris si ripeté nella mia mente. Quei due sembravano perfetti, come due bambole progettate per stare insieme. Perché avevo pensato che Remy volesse stare con me?

Non era difficile ricordarlo. Potevo ripercorrere il preciso istante in cui avevo immaginato una vita con lui. Era il giorno dopo quel vergognoso episodio in cui avevo ballato nuda a casa dei genitori di Remy, che ancora mi faceva rabbrividire.

Quando era arrivato la seconda notte, aveva detto che era lì perché aveva ricevuto un avviso dal loro sistema di sicurezza. Mi aveva detto che era venuto per assicurarsi che non stessi organizzando un'altra festa di danza non autorizzata. Doveva essere stato uno scherzo. Ma se non aveva ricevuto nessun avviso, perché era lì?

"No, nessuna festa stasera," avevo risposto arrossendo non so fino a che punto.

"Peccato. Mi stavo annoiando e cercavo un po' di divertimento," aveva detto con il suo ghigno troppo affascinante.

"Bene, qui non ne troverai," gli avevo assicurato allora, pensando che non avrei mai più osato svestirmi in casa loro.

I suoi occhi si erano soffermati su di me in silenzio. Per quanto mi sentissi a disagio, mi sarei sciolta sotto il suo sguardo acciaio se non avesse chiesto rapido, "Hai già cenato?"

La domanda semplice mi aveva preso alla sprovvista. Il mio cuore si era messo a battere inaspettatamente di fronte a quel piccolo gesto di premura.

"Non ancora. E tu?"

"No. Pensavo di prendere una fetta di pizza. Ti andrebbe di venire?"

Sapevo che doveva essere un invito innocente da parte del fratello della mia migliore amica, ma potei fare a meno di farmi delle idee. Il mio sciocco cuore voleva che fosse un appuntamento. E di certo lo sembrava in tutto e per tutto.

Remy mi apriva le porte, pagava tutto e i suoi occhi, che gli brillavano quando rideva, mi facevano impazzire. Mentre gustavamo la pizza, mi raccontò storie sulla crescita di Hil. Quando gli chiesi di lui, però, non fu altrettanto aperto. Al contrario, vidi un barlume di dolore nei suoi occhi. Mi innamorai ancora di più di lui.

Dopo che ebbe finito la pizza, mi aspettavo che si congedasse, ma non lo fece. Camminammo, invece, in silenzio verso casa dei suoi genitori. E, disperatamente non volendo che la serata finisse, raccolsi il mio tremolante corpicino di giovanetta e chiesi:

"Ti piace il gelato?"

"Se mi piace il gelato? Certo, accidenti!" rispose, il volto illuminato.

Gli raccontai di un posto di cui avevo sentito parlare solo a pochi isolati di distanza che dove essere davvero buono. Mi condusse lì. Dopo aver provato alcuni campioni, menzionò un'altra gelateria che si diceva fosse ancora migliore.

"Meglio di questa?" chiesi assaggiando il gelato migliore della mia vita.

"C'è solo un modo per scoprirlo," disse sorridente.

Dopo aver provato quel posto, sembrava che fossimo in missione per trovare il miglior gelato di New York. Tirando fuori il mio telefono, localizzai la gelateria più votata della città. Scommise con me che niente avrebbe potuto essere buono come quello che avevamo appena provato. Così andammo al prossimo posto.

Dopo averlo provato e scoprendo che non era buono, cercai sulla mappa dell'area sperando di prolungare la nostra avventura.

"Sono sicura che ce n'è uno migliore," gli dissi sfogliando le recensioni cercando di decidere quale sarebbe stato.

"Perché non li proviamo semplicemente tutti?" suggerì Remy con entusiasmo.

"Tutti?"

"Perché no? Hai da fare qualcos'altro stanotte?"

"Pensavo solo di guardare un po' di TV."

"Allora, che ne dici? Vuoi scoprire qual è il miglior gelato di New York City?"

Camminammo tutta la notte, ridendo e carichi di zucchero. Quando l'ultima delle gelaterie chiuse e noi prendemmo il nostro ultimo assaggio, ci appoggiammo alla ringhiera guardando il fiume. Il chiaro di luna risplendeva sull'acqua increspata e io desiderai che mi bacia

Era calato il silenzio. Il mio corpo di sedicenne aveva bisogno del suo. Tremavo dal desiderio che mi prendesse tra le braccia. Ma non lo fece. Mi riportò invece a casa. In piedi sulla soglia dell'abitazione dei suoi genitori, con lui che non entrava, avrei potuto piangere dal desiderio che provavo per lui.

"È tardi," gli dissi. "Perché non dormi semplicemente nella tua stanza? ...O dove vuoi," dissi, invitandolo nella mia stanza.

"Non dovrei," disse, con gli occhi tormentati.

"Perché no?" osai sfiorare il suo avambraccio, sperando di attirarlo più vicino.

"Perché non mi fido di me stesso," disse con un sorriso torturato.

"Perché non si fidava di sé stesso," dissi ad alta voce ricordando le sue parole.

Cosa significava? Per gli ultimi quattro anni, avevo scelto di credere che significasse che mi voleva. Che mi ricambiasse.

Ripetendolo nella mia mente per mesi, decisi che l'aveva detto solo a causa della nostra differenza di età. Voleva solo essere rispettoso. Così, la volta successiva che lo vidi, cercai di dirgli che non mi importava di cose del genere. Ma o lui non capì, o non voleva capire, perché non cambiò nulla.

Ora, mentre il dolore di ogni battito del mio cuore minacciava di farmi cadere in ginocchio, capii che avevo completamente frainteso la serata più romantica della mia vita. Remy era venuto quella notte solo a causa di un allarme di sicurezza. E il nostro tour per la città alla ricerca del gelato più buono era solo dovuto al suo amore per quel dolce.

Dopo aver speso un milione di dollari per un negozio tutto suo, ovviamente adorava davvero quella roba. Non c'era nulla che riguardasse i sentimenti che provava per me. Sono sempre stata nient'altro che un caso di beneficenza per la sua famiglia.

Mentre la città si rischiarava nuovamente attraverso il finestrino del treno, riflettei su quante altre cose della mia vita avevo capito così male. Devono essere state molte. Guardando la vasta città immersa nel tramonto, mi chiesi se fossi l'unica persona ad aver mai frainteso così tanto. Non poteva essere, vero?

Perché l'unica cosa speciale di me era che una famiglia ricca mi vedeva come una compagna di giochi per la loro figlia. L'unica cosa che mi differenziava da tutti gli altri era la fortuna. Mia madre era stata fortunatamente assegnata ai Lyon come governante. E la loro figlia era fortunatamente della mia età, ed era sola.

Erano solo queste due cose che ci avevano portato dai progetti a basso reddito di Brownsville, al possedere una casa e al fatto che fossi a un anno dalla laurea. Anche se ero distrutta, ero comunque fortunata. C'erano milioni di ragazze come me che non avrebbero mai ottenuto ciò che io avevo ottenuto.

E non era forse di questo che parlava la proposta di Remy, aiutarmi a far conoscere la beneficenza della sua famiglia ad altri? Questo era positivo, no? Quindi, per quanto facesse male accettare che era tutto ciò che vedeva in me, non avevo una responsabilità verso coloro che non erano stati così fortunati?

Nei giorni successivi, non andai in ufficio. Feci, invece, quello che Remy aveva suggerito. Passeggiando per i quartieri, considerai un luogo adatto per il suo centro per la comunità.

Alla fine, le mie passeggiate mi riportarono nei quartieri a basso reddito di Brownsville. Era il luogo in cui ero nata e dove io e mia madre vivevamo prima che lei ottenesse il lavoro dai Lyons.

Mentre passeggiavo per la zona, mi imbattei in un gruppo di ragazzi che non vedevo dalle elementari. Erano appollaiati di fronte al palazzo a bere birre. Era in pieno giorno feriale. Il mio cuore si strinse pensando che, in altre circostanze, avrei potuto essere al loro posto.

Mentre continuavo a camminare attraverso il vecchio quartiere, i miei sensi furono sopraffatti dalla dura realtà di quella zona. I cartelli sbiaditi, i rumori dei motori che risuonavano nelle strade strette, l'odore dei cestini pieni di spazzatura. Era come il giorno e la notte rispetto a dove vivo ora nel New Jersey, per non parlare del quartiere di Remy a Brooklyn.

Continuando lungo Pitkin Avenue, i miei pensieri tornarono alle sfide che mia madre aveva dovuto affrontare nel crescermi da sola. Non riuscivo a fermare la rabbia che montava ogni volta che ci pensavo. Non avrebbe dovuto essere così. Non avrei dovuto crescere senza un padre. E mentre ci pensavo, capivo esattamente dove Remy avrebbe dovuto mettere il suo centro comunitario.

Presa quella decisione, un'ondata di ansia mi travolse. Non solo avrei dovuto dire a Remy dove e perché, ma avrebbe voluto che io lavorassi con lui per costruirlo. Pensare di lavorare così vicino a lui, a sentire ogni giorno il suo profumo maschio di pelle, mi indeboliva le ginocchia. Era come se avessi una morsa al cuore.

Ma dovevo mettere da parte i miei sentimenti. Questo centro di comunità era più importante di qualsiasi cosa stessi attraversando. Lo dovevo ai ragazzi come me. Vivendo in questo duro ambiente, meritavano le stesse opportunità che i Lyon mi avevano dato. Quindi con una ritrovata determinazione, giurai di lottare attraverso il mio dolore egoista e affrontare Remy con la mia proposta per il suo centro.

Il giorno successivo, irruppi nell'ufficio di Remy alimentata da ansia e risolutezza. Determinata a non lasciarmi distrarre dai sentimenti, subito lo fui. Per un attimo mi ero dimenticata di come fosse bello in una camicia bianca impeccabile con le maniche arrotolate. Doveva davvero mostrare i suoi avambracci tatuati in quel modo? Nessuno meritava di essere così sexy. Non era giusto.

Alzando lo sguardo dalla sua grande scrivania di mogano, un sorriso luminoso si diffuse sul suo volto.

"Dillon! Sono contento di vederti. Sei qui perché hai considerato la mia proposta?"

Era per questo che ero lì? Giusto, lo era. Feci cenno di sì. "Sì. Sei venuto al lavoro in macchina oggi?"

Remy sembrò perplesso. "Sì. Perché?"

"Potresti portarmi da qualche parte? C'è un posto che voglio mostrarti."

Remy accettò, la curiosità negli occhi. Avanzando verso la costosa macchina nera, gli indicai di andare a Pitkin Avenue a Brownsville. Mentre ci fermavamo davanti a un edificio a due piani, abbandonato, con vetri rotti e le erbacce che serpeggiavano lungo i muri di mattoni, Remy lo fissava confuso.

"È questo il posto?" disse guardandolo attraverso il parabrezza.

Un sudore freddo ricoprì la mia pelle calda. Presi la forza per parlare.

"Sì, in questo edificio viveva mio padre prima di morire. Viveva qui con la sua famiglia."

Remy aggrottò la fronte lanciando occhiate tra l'edificio decrepito e me.

"Ma non capisco. Perché mettere un centro comunitario lì invece di un vecchio YMCA o qualcosa del genere? Non sarebbe meglio un posto con più spazio?"

Strinsi i pugni sulle ginocchia radunando il coraggio per continuare. Le lacrime inondavano le mie guance nonostante i miei sforzi. Lo sguardo afflitto di Remy era troppo difficile da sopportare. Quando cercò di confortarmi, respinsi la sua carezza e mi ripresi.

"No, Remy, ascoltami." La mia voce si strozzò, costringendomi a deglutire e a ritrovare la concentrazione. "Io sono il risultato di un'avventura. Mio padre ha tradito la sua famiglia con mia madre, una donna di colore. Non mi ha mai voluta e ho sempre pensato che lui non riuscisse ad accettarmi perché..." Alzai le mie braccia dal color caramello. "Perché ero troppo scura."

La mia voce vacillò mentre un umiliante ricordo tornava alla mente.

"Spesso, quando mio padre era vivo, venivo qui di fronte e guardavo le finestre illuminate del suo soggiorno. Mentre osservavo le persone a cui voleva bene trascorrere la loro serata, mi chiedevo come potesse trattare così bene la sua vera famiglia e fingere che io non esistessi.

"Ho anche cercato una volta di confrontarmi con lui su questo. Aspettandolo nel posto in cui mi fermavo sempre, lo vidi avvicinarsi e lo chiamai per nome. Quando mi vide, si precipitò praticamente nel palazzo e chiuse dietro di sé la porta a chiave.

"Non è che non sapesse chi fossi. Tutti sapevano che lui era mio padre. Sono nata a quattro isolati da qui. Eppure, lui non voleva aver nulla a che fare con me. Quindi, se c'è un posto in città che necessita di essere ridefinito, è proprio questo."

I pugni di Remy erano serrati sul volante, mentre cercava di sopprimere la rabbia verso mio padre defunto. La sua voce era calma ma tesa quando alla fine parlò. "Vuoi che incendi questo posto così non dovrai mai più vederlo?"

Scossi la testa con gli occhi supplichevoli. "No! Voglio che questo posto dia agli altri il sostegno che non ho potuto avere io."

Remy annuì, sembrando placato dalle mie parole. Il suo atteggiamento aggressivo fece posto alla determinazione. "Capisco. Lo comprerò, e faremo di questo luogo qualcosa di meglio. Hai pensato se vuoi aiutarmi a realizzarlo?"

Mentre consideravo la sua domanda, un sorriso si spalancò sul mio volto. "Sì, l'ho fatto."

Capitolo 8

Remy

Sdraiato a letto da solo, fissando il soffitto, non riuscivo a scacciare dal mio pensiero la storia di Dillon. Continuavo a risentire l'angoscia e dolore nella sua voce mentre condivideva le sue esperienze da ragazza. Mi aveva spezzato il cuore.

Mi fece anche pensare a mio padre, un uomo che mi è sempre stato vicino e che mi ha sempre amato incondizionatamente. Era l'opposto del padre di Dillon. L'infanzia di Dillon e la mia non potevano essere più diverse. Eppure, c'era una parte di me che riusciva identificarsi con il dolore di Dillon.

Come era possibile? Avevo tutto ciò che il mondo ritiene fondamentale: ricchezza, potere, privilegi. Non desideravo niente. Dillon non aveva niente. Pertanto dire che potevo identificarmi con il suo dolore andava oltre il ridicolo; era offensivo. E ogni volta che quel pensiero mi attraversava la mente, era seguito da un'ondata di senso di colpa.

Nonostante ciò, eccolo, un sentimento che io, un ragazzo bianco, ricco e affascinante che è cresciuto con un padre affettuoso e tutto ciò che potevo desiderare, sentivo tanto dolore quanto Dillon, una ragazza che era cresciuta in povertà, di colore e respinta da suo padre. Non era giusto, ma sembrava vero. Come poteva essere?

Qualcosa in fondo alla mia mente riportava i miei pensieri alle aspettative di vita di mio padre. Sì, lo so, mio padre ricco e affettuoso era esigente. Sapevo che non avevo il diritto di confrontare il mio dolore con quello di Dillon ma…

Voltandomi, seppellendo il mio viso nel cuscino, cercai di soffocare i miei pensieri. Mentre lo facevo, l'immagine dell'espressione ferita di Dillon mi tormentava. Ero sicuro di conoscere il suo dolore. Come facevo a farlo? Ero sul punto di spegnere i miei sentimenti come avevo fatto tante volte da ragazzo, quando mi venne un'idea.

Vedendo Dillon già in ufficio quando arrivai il giorno successivo, il mio cuore si mise a battere forte. Nonostante la nostra precedente dolorosa conversazione, non potei fare a meno di notare la sua bellissima pelle color caramello e i suoi ricci indomabili. Ma deglutendo con fatica, misi in atto la mia idea.

"Voglio farti vedere una cosa," dissi, reggendomi con fatica contro il torrente di emozioni che minacciavano di scoppiare.

Dillon mi guardò confusa, poi annuì. Lasciando l'ufficio e guidando in silenzio, ci dirigemmo verso un quartiere fatiscente in cui normalmente non avrei mai messo piede. Dopo aver parcheggiato, entrammo in un piccolo negozio di alimentari greco. Mentre lo facevamo, una testa sbucò sopra i bassi scaffali.

"Leo!" dissi avvicinandomi al ragazzo magro che incarnava il concetto di ribellione.

"Signor Lyon," rispose lui con un misto di rabbia e paura.

"Leo, voglio farti conoscere qualcuno. Questa è Dillon. Lei è stata la prima a ricevere la borsa di studio della mia famiglia. Dillon, questo è Leo. Ho accennato a Leo che potrebbe essere il prossimo a ricevere la nostra borsa di studio. Ma lui mi dice che non ne ha bisogno."

"Io non ne ho bisogno," disse Leo freddamente.

"Capito," risposi non nascondendo la mia irritazione. Mi girai verso Dillon. "Sai quello che gli sto offrendo. Pensi di poter farlo ragionare?"

Le sopracciglia di Dillon si corrugarono alla mia richiesta. Era come se mi stesse giudicando. Eppure, senza dire una parola si girò verso Leo.

"Perché pensi di non averne bisogno?"

Leo sbuffò, incrociando le braccia in posizione difensiva. "Non ho bisogno del suo aiuto per prendere cura della mia famiglia," disse guardando altrove.

Dillon lo fissò. "Quanti anni hai?"

"Diciassette."

"Suo padre è morto," aggiunsi.

Dillon si girò verso di me con un fare cinico. "Quindi, vuoi che gli racconti la mia triste storia di ragazza cresciuta senza un padre?"

Contraendo la mascella al tono di Dillon, mi calmai e risposi, "Fai ciò che ritieni sia giusto."

Dillon pensò per un momento prima di addolcire la sua espressione. Rivolgendo di nuovo l'attenzione al ragazzo, disse, "Ti chiami Leo, vero?"

"Sì," rispose lui con sguardo sospettoso.

"Bene, Leo, qual è il tuo sogno?"

Leo sputò la sua risposta. "Non lo so."

Lo sguardo di Dillon conteneva uno sprazzo di comprensione, mentre di nuovo prendeva la parola.

"Fin da piccola, il mio sogno era andare a Parigi. Non so nemmeno io perché, ma l'avevo vista nei film e avevo un'amica che ci andava sempre, quindi per me significava qualcosa di speciale, capisci. Mangiare croissant lungo il fiume, cenare in cima alla Tour Eiffel… per una ragazza proveniente dal posto da cui arrivo io, poter fare quelle cose significava che il peggio della mia vita era alle mie spalle. E a te, cosa potrebbe far pensare che la parte peggiore della tua vita sia finita?"

Leo rifletté un attimo, prima che una scintilla accendesse per un attimo i suoi occhi.

"Cos'è?" chiese Dillon, insistendo.

"Non lo so," rispose ancora Leo chiudendosi in se stesso.

"No, per favore, Leo, dimmelo," ripeté Dillon con la sua caratteristica empatia.

Gli occhi di Leo si abbassarono. "Gli animali."

"Cosa?" chiese Dillon confusa.

Leo prese un attimo per raccogliere i suoi pensieri. "Mi piacciono gli animali, capisci. E ci sono molte creature randagie qui in giro. Se avessi un posto dove potrebbero vivere, allora…" disse con uno sguardo più dolce.

"Una specie di rifugio per animali?" chiese Dillon per capire meglio.

"Sì, uno di quelli. Sarebbe bello, vero?" disse con un sorriso.

"Lo sarebbe. Allora, hai mai pensato di diventare veterinario? Hanno rifugi per animali e li aiutano. Li mantengono in salute."

"Non potrei farlo."

"Perché no?"

"Bisogna studiare per quello e io devo occuparmi della mia famiglia, capisci."

Dillon diede un attimo alle parole di Leo di fare effetto prima di rispondere.

"La tua idea mi piace. Ed è un bel sogno, Leo," disse con sincerità. "So che adesso è difficile vedere oltre le difficoltà che affronti giorno dopo giorno. Come potresti nemmeno iniziare a pensare al futuro quando ogni giorno presenta una nuova sfida?

"Ma, ecco, ignorare il futuro non fermerà il suo arrivo. E quando arriverà, potresti essere nello stesso posto in cui sei ora, pieno di lotta e rabbia, o le cose potrebbero essere più facili, più luminose. Devi solo fare una scelta."

Dillon fece un passo verso di lui, la sua voce si fece più decisa.

"Remy ti ha dato la possibilità di migliorare il tuo futuro. Di realizzare il tuo sogno di aiutare gli animali. Forse uno come lui non può capire realmente quanto sia difficile la tua vita, ma io sì, proprio come so che puoi realizzare il tuo sogno.

"Credimi quando ti dico che l'ultima cosa che devi fare è guardare indietro a questo momento e poi dover guardare negli occhi tua madre sapendo che c'era qualcosa che avresti potuto fare per migliorare la sua vita, e non lo hai fatto."

Mentre finiva di parlare, l'espressione di Dillon assunse un tono più diretto. "Hai capito quello che sto cercando di dirti, Leo?"

L'adolescente la fissò per un lungo momento, soppesando le sue parole. Finalmente, dopo ciò che sembrava un'eternità, annuì lentamente. "Sì, ho capito."

La tensione si dissipò gradualmente mentre Leo se ne andava per riflettere su tutto. Non potei fare a meno di sorridere per come erano andate le cose. Mi girai verso Dillon incapace di nascondere la mia emozione.

"È andata bene, vero? Cosa ne dici di tornare a casa mia per una crepe giapponese? Ho imparato a prepararla e sto morendo dalla voglia di farne una per te. Puoi dirmi cosa ne pensi."

Dillon esitò, ma alla fine acconsentì, apparentemente persa nei suoi pensieri mentre tornavamo a casa mia. Una volta dentro, non perse tempo, iniziai immediatamente a preparare l'impasto per la crepe. Le mie mani si muovevano con una precisione energetica che non sapevo di possedere.

Mescolando l'impasto, lo versai su una piastra rotonda che avevo comprato apposta. Livellandolo con la mia livella, lasciai cuocere un lato prima di girarlo dall'altro.

Finito, presi il gelato, le banane, la panna montata e la salsa di cioccolato. Disponendoli sulla crepe e arrotolandola a cono, la cosparsi di zucchero e la bruciai fino a ottenere un marrone caramellato. Sembrava esattamente come mi aspettavo.

"Ecco a te," dissi, cercando di sembrare il più naturale possibile.

Ma mentre io traboccavo di orgoglio per la mia creazione culinaria, Dillon ribolliva di rabbia. Guardava il mio risultato con occhi duri come il granito e non capivo perché.

"Non riesci a vedermi in altro modo se non come il caso di carità che hai salvato, vero?" sputò Dillon, la voce piena di risentimento.

"Cosa? No! Certo che no. Perché dici così?" risposi, colpito dalla sua accusa.

"Perché mi hai sfruttato," mi accusò, i suoi occhi supplicanti comprensione.

La mia mente ripercorse le nostre recenti interazioni. "Quando? Come?"

"Con Leo. Hai usato quello che ti ho detto per ottenere quello che volevi," chiarì Dillon, il dolore evidente nella sua voce.

"Non è successo così."

"Davvero? Hai mai considerato che la mia storia non la puoi usare come ti pare?" insisté.

"Io…" balbettai, preso alla sprovvista dall'accusa di Dillon.

"Lo immaginavo," disse, le sue emozioni ribollivano appena sotto la superficie. "Non riesci a vedermi. Tutto quello che riesci a vedere è la ragazza patetica che nessuno ama."

"Non è vero. Non capisco da dove venga tutto questo," ribattei, il cuore spezzato dal dolore delle sue parole.

"Remy, non puoi sfruttare il mio dolore," disse Dillon, la voce tremante.

"Non l'ho mai fatto. È lontanissimo da quello che stavo cercando di fare," dissi in mia difesa.

"Davvero?" mi chiese, dubbiosa.

"Sì. Non capisci? È colpa di mio padre se il padre di Leo è morto. Suo padre lavorava per il mio. Mio padre lo ha fatto uccidere. Ogni notte mi corico pensando a Leo e a tutte le cose che mio padre ha fatto, e mi sento soffocare.

"Tutta la mia vita è costruita sul dolore degli altri. Mi acceca. Ho bisogno di aiuto. Ti stavo chiedendo di aiutarmi, Dillon. Non riesci a capirlo?" dissi con le lacrime che scendevano sulle mie guance. "Volevo solo che tu mi aiutassi."

L'appello sincero colpì Dillon. L'ira svanì dal suo volto. Senza dire una parola mi strinse tra le sue braccia e mi abbracciò finché i suoi occhi non si inumidirono di lacrime.

"Volevo solo che tu mi aiutassi," ripetei, la voce piena di emozione.

"Lo farò," sussurrò Dillon al mio orecchio. "Puoi contare su di me."

Mi allontanai lentamente dall'abbraccio di Dillon, con le guance bagnate di lacrime. Mi sentivo vulnerabile e esposto come mai prima d'ora.

"Mi dispiace," mormorai, imbarazzato dal mio sfogo emotivo.

Non riuscendo più a guardarla, cercai di distogliere lo sguardo. Ma prima che potessi farlo, Dillon mi tenne il mento, facendo tornare il mio sguardo verso di lei. I nostri occhi si fissarono e mi trovai a sprofondare nella sua pura e incondizionata compassione.

Mentre restavamo lì in piedi, l'intensità del nostro legame, e l'aria di vulnerabilità che ci circondava, crebbero. Sparirono le mie difese e il sarcasmo. Al loro posto sbocciò un desiderio incontenibile per lei.

Il pollice di Dillon accarezzò delicatamente il solco lasciato sulle mie guance dalle lacrime, mandandomi brividi lungo la schiena. Incapaci di resistere al richiamo emotivo, entrambi ci pensammo su, le nostre labbra sempre più vicine.

Fu un bussare alla porta a frantumare quel momento, trascinandoci via dal precipizio di un abbraccio passionale, l'intima connessione svanì quando qualcuno bussò alla porta per la seconda volta.

"Dovrei andare ad aprire," dissi quando fu chiaro che chiunque fosse non se ne sarebbe andato.

"Probabilmente," rispose Dillon, altrettanto scossa dal nostro quasi-bacio.

Ricomponendomi, entrai in salotto e mi avvicinai alla porta. Ero pronto a strappare via la testa a chiunque fosse, quando aprii e…

"Eris, cosa fai qui?"

"Ho cercato di contattarti per giorni. Non hai risposto ai miei messaggi o alle mie chiamate. Sono andata anche nel tuo ufficio, ma non c'eri," rispose spingendosi dentro.

"Perché sei qui?" domandai alternando preoccupazione e irritazione.

Stava per rispondere quando Dillon passò oltre la porta della cucina. Vedendola, Eris si bloccò e la fissò velenosa. Ma, altrettanto velocemente, allontanò lo sguardo e disse con allegria,

"Dobbiamo organizzare un matrimonio. Non posso farlo da sola."

Il mio cuore si spezzò ricordando l'intricato groviglio che erano diventate le nostre vite.

"Non posso farlo ora," risposi, la voce tesa.

Senza lasciarsi scoraggiare, Eris puntò di nuovo l'attenzione su Dillon.

"Ti dispiacerebbe portarmi da bere, cara?" chiese con disprezzo.

Dillon indugiò, chiedendo, "Cosa vuoi?"

Eris sospirò, mostrando disinteresse. "Non m'importa. Champagne, se ce l'hai." Poi, con una risata forzata, aggiunse, "Dopotutto, è sempre l'ora dell'aperitivo da qualche parte."

Mentre Dillon spariva in cucina, mi preparavo per qualunque sfuriata Eris stesse per scatenare. La vedevo, il sorriso sicuro e disinvolto che indossava svanire. A prendere il suo posto era uno sguardo di mortale serietà.

"Remy, permettimi di essere chiara. Se non cominci a comportarti come l'uomo che merito, mio padre potrebbe iniziare a pensare che non stai rispettando il suo accordo. E chi pensi che incolperà per questo?" chiese prima di far rimbalzare il suo sguardo verso la cucina.

"Stai minacciando qualcuno?" domandai, il sangue che bolliva pronto a esplodere.

Eris, impassibile, si avvicinò.

"Remy, fatti questa domanda su di me, pensi che io sia qui per mia volontà? Pensi che il mio obiettivo nella vita fosse di costringere un principe della mafia in un matrimonio che nessuno di noi vuole? Pensi che questa sia la vita che sognavo da ragazza?" chiese sarcasticamente.

"Non lo è. E ora sto combattendo per la vita che voglio, proprio come fai tu. L'unica differenza è che dietro di me c'è un pazzo che brucerà il mondo per avere ciò che vuole. Il tuo pazzo è morto. Quindi, a meno che tu non inizi a collaborare e a fare la tua parte in tutto questo, ci sarà una pioggia di sangue. Non il mio. Non il tuo. Ma di tutti coloro a cui tieni.

"Vuoi questo forse? Dal modo in cui mi stai guardando, mi permetto di supporre di no. Quindi, smetti di mettere a rischio tutti quelli a cui tieni e aiutami a organizzare il nostro matrimonio," disse proseguendo con spaventosa tranquillità.

"Milioni di matrimoni combinati finiscono in lieto fine. Aiutami a far diventare il nostro uno di questi… così la tua amica lì dietro non dovrà morire."

Mentre Dillon tornava dalla cucina con il drink di Eris, notò che il mio atteggiamento era completamente cambiato. Era come se un'ombra si fosse posata su di me, il peso delle parole di Eris avevano soffocato il mio spirito.

Guardavo Dillon, sapendo che ciò che Eris aveva detto era vero. Gli uomini che avevano tradito i nostri padri erano finiti morti ammazzati. Come il mio, suo padre era un uragano, una forza della natura che non poteva essere fermata, alla quale si poteva solo opporre resistenza.

Dovevo proteggere Dillon da quella tempesta. Ero disposto a fare di tutto per farlo. Quindi, cancellando ogni traccia dell'affetto che provavo per lei, la guardai freddamente e dissi: "Dillon, dovresti andartene."

Il suo corpo si sciolse al mio cambio repentino di tono. Il dolore traspariva dai suoi occhi. Vederlo mi distruggeva. Ma dovevo rimanere distante, non potevo far capire a Eris quanto lei fosse importante per me. Non potevo darle un altro vantaggio.

"Dillon," ripetei, sentendo un dolore acuto nel petto mentre parlavo. "Vattene. Ne parleremo dopo."

Mentre esitava, aggiunsi, con tono tagliente, "Adesso!"

Fu allora che abbassò lo sguardo, si girò verso la porta, e se ne andò lasciandomi in frantumi.

Capitolo 9

Dillon

Il sole stava tramontando su Brooklyn mentre mi allontanavo dalla casa di città di Remy. Dirigendomi verso la stazione ferroviaria, i miei passi erano appesantiti dal dolore opprimente nel mio petto. L'aria era insolitamente frizzante per la fine della primavera, ma il freddo non faceva nulla per calmare il calore che mi attraversava.

Perché avevo lasciato che Remy mi trattasse di nuovo in quel modo? Ero caduta nella stessa trappola, esponendo il mio cuore vulnerabile alla stessa persona che lo aveva stracciato in passato. Come diavolo facevo a continuare a mettermi in quella situazione?

Hil aveva cercato di mettermi in guardia su Remy. Aveva detto che Remy sarebbe tornato al suo mondo mafioso, ed era successo esattamente così. Infatti, lui stava per sposarsi dentro quel mondo.

Hil aveva detto anche che Remy mi avrebbe ferito. Non solo Hil aveva azzeccato pienamente, ma dopo che Remy lo aveva fatto la prima volta, io mi ero voltata e avevo lasciato che lui lo facesse di nuovo. Ero un'idiota che meritava tutto quel che mi capitava.

Non c'era da stupirsi che mio padre fosse fuggito da me. Anche lui poteva vedere quanto fossi un disastro. Non meritavo niente di più.

Per quanto stupida fossi, però, avevo finalmente imparato la lezione. Non avrei mai più dato a Remy un'altra opportunità di trattarmi come aveva fatto. L'avevo capito; il centro di assistenza era importante. Poteva influenzare vite vere.

Parlando con Leo l'avevo capito. E poter fare ammenda significava più di quanto avrei mai potuto immaginare per Remy. Quindi l'avrei aiutato. Ma era tutto. Ero finita con i giochi sentimentali di Remy.

Da quel punto in avanti, saremmo stati solo colleghi. Nient'altro. Se pensava di potermi fare del male e cavarsela, era sul punto di capire che potevo fargli del male anch'io.

Rifiutavo di aver bisogno di lui. Almeno non più. Ne avevo abbastanza. Davvero. E mentre tutto ciò affondava lentamente, le lacrime scorrevano sulle mie guance.

Salendo sullo stesso treno su cui avevo deciso di lavorare con Remy, posi fine alla mia infantile illusione. Io e Remy non eravamo fatti per stare insieme. Non eravamo nemmeno destinati ad essere amici.

Ero condannata a stare sola. Lo sono sempre stata. E mentre il bagliore degli aranci bruciati retrocedeva dietro gli alti palazzi del centro, mi affondai nel sedile del treno e piansi.

La mattina seguente, mi svegliai con un rinnovato senso di determinazione. Avevo passato tutta la notte a prepararmi mentalmente ad affrontare Remy, a mostrargli che potevo essere fredda e distante come lui era stato il giorno prima. Mentre facevo la doccia e mi vestivo, la mia risolutezza si rafforzò. Cominciai a guardare avanti alla sfida.

Arrivando al lavoro, entrai pronta per la giornata con la testa alta. Sorprendentemente, la porta dell'ufficio di Remy era chiusa. La stanza era silenziosa e immobile. Non c'era traccia di lui in nessun luogo.

Scacciai il mio disappunto e mi concentrai sui compiti da svolgere. Occupandomi di innaffiare le piante e spolverare gli scaffali, controllavo l'orologio ogni pochi minuti. Sicuramente Remy sarebbe arrivato presto, e allora avrei potuto mettere in atto il mio piano.

Ma man mano che passavano le ore, l'angoscia nel mio stomaco cresceva. Remy stava evitandomi, proprio come mio padre aveva fatto tanti anni fa? Un fulmine di dolore mi attraversò il petto. Faceva più male di quando Remy mi aveva chiesto di andarmene.

Lentamente, lo scudo freddo che mi ero costruita si sgretolò. La mia salda risolutezza sembrava ora sciocca e vuota. Semplicemente non ero capace di ferire Remy come lui aveva fatto con me.

Con il vuoto che mi cresceva dentro, non riuscivo più a concentrarmi. Quando il pomeriggio passò senza un segno di Remy, il vuoto mi consumò. Stavo affogando in esso.

Nei due giorni successivi, Remy rimase assente dall'ufficio. Il mio cuore batteva un po' più veloce ogni volta che la porta tintinnava, ma ogni volta non era lui. Rimanevo sola con nient'altro da fare che fissare il suo ufficio vuoto. Era una tortura.

L'immagine della scrivania vuota di Remy mi tormentava anche mentre giacevo nel letto cercando di addormentarmi. Il dolore era come un peso fisico sul mio petto, un dolore onnipresente impossibile da sfuggire.

Ero pronta a dargli tutto quello che pensavo, ma lui non lo voleva. Mi ero illusa di credere che il suo fidanzamento non fosse vero, invece lo era. E dopo avermi fatto credere di essere speciale per lui, mi aveva lasciato. E adesso non tornava più.

Non è così che si tratta chi si amava. Così, mi restò una sola conclusione. L'uomo di cui ero innamorata da quando avevo quattordici anni, non mi amava. E perché doveva farlo se nessuno lo faceva?

Tornai regolarmente al lavoro dopo quel giorno aspettandomi di non vederlo, eppure sentendomi ferita ancora una volta non trovandolo lì. Ci vollero due settimane prima che la porta venisse aperta da qualcuno di diverso dalle donne delle pulizie. Così il giorno in cui un uomo basso e in abito formale salì le scale, mi alzai e lo salutai confusa.

"Posso aiutarla?" chiesi, domandandomi se avesse sbagliato indirizzo.

"Il mio nome è Robert Wendel. Sono l'avvocato del signor Lyon," disse traboccante d'ansia.

"Il signor Lyon non è qui," lo informai.

"Sì. Ho dei documenti per lei da firmare."

"Per me?"

"Lei è Dillon Harris, giusto?"

"Sì."

"Allora sono per lei."

Fissando l'avvocato, ripensai a quando mia madre iniziò a lavorare per i Lyon.

C'era un uomo come questo che si era presentato alla nostra porta. Aveva reso molto chiaro che non avremmo mai dovuto parlare di nulla di ciò che mia madre aveva sentito o visto nella residenza dei Lyon. I documenti che aveva firmato erano per un accordo di non divulgazione, ma la minaccia alle nostre vite se avessimo parlato di ciò che avevamo visto non doveva essere scritta.

"Oh," dissi realizzando fino a che punto Remy non si fidasse di me.

Senza fare domande, firmai rapidamente ovunque l'avvocato mi indicò. Ogni volta, il mio cuore si stringeva un po' di più. Quando anche l'ultima pagina fu firmata, mi consegnò una grande busta manila.

"Questa è sua."

"Cos'è?" chiesi sospettando fosse la mia copia della documentazione.

"È l'atto di proprietà dell'edificio per il centro di assistenza."

Mi bloccai. "Scusi, cosa ha detto?"

"L'atto dell'edificio," ripeté, stavolta cercando sul mio volto un segno di comprensione. Non c'era. "Quello che ha firmato era la documentazione per un trust che possiede l'edificio. Ora ha un interesse di controllo del 51% sullo stabile."

La mia mente sbandò. "Mi dispiace, sono confusa. Cosa significa?"

"Significa che, per la maggior parte, l'edificio è suo. Parte dell'accordo prevede che le tasse sull'edificio saranno pagate dalla famiglia Lyon per i prossimi 10 anni. Quindi non dovrà preoccuparsi di questo. E potrà fare quello che desidera con la struttura. Cioè, presumo, creare il centro di assistenza che ha proposto al signor Lyon, giusto?"

"Giusto," confermai ancora incerta su quello che stava succedendo. Remy fatto questo per motivi fiscali? Era roba del mondo mafioso? "Quindi, posso fare qualsiasi cosa voglia con l'edificio?"

"Qualsiasi cosa."

"Se volessi venderlo?"

“Potrebbe.”

“E solo per mia informazione, quanto vale?”

“Non posso dirlo a memoria. Ma ho incluso la valutazione dell’immobile nel pacchetto,” disse, indicando la mia busta.

Guardai giù a ciò che avevo in mano come se contenesse un serpente pronto a mordermi. Il mio cuore batteva pensando a ciò che c’era dentro. Lo aprii lentamente, vi infilai dentro la mano e lo tirai fuori. Sfogliandone le pagine, ne trovai una con delle cifre. Non fu difficile trovare la valutazione. Diceva che l’edificio che Remy mi aveva appena dato valeva un milione e mezzo di dollari.

“Ah!” esalai incapace di respirare.

“Il signor Lyon mi ha anche incaricato di darle questo,” disse l’avvocato attirando appena la mia attenzione.

Teneva in mano un biglietto da visita. “Mi ha detto che ha fissato un appuntamento con questa persona,” disse l’avvocato in modo criptico.

“Quando?” dissi quasi troppo sbigottita per prendere il biglietto.

“Credo intendesse ora.”

Lasciando l’ufficio, mi diressi all’indirizzo sul biglietto da visita, non sapendo cosa avrei trovato. Quando arrivai, una donna chic si presentò.

“Ciao, sono Melanie. Sarò la tua personal shopper. Il signor Lyon mi ha chiesto di vestirla come una rappresentante della famiglia Lyon," spiegò come se cercasse di non ferire i miei sentimenti.

Pensai per un momento e poi guardai giù a quello che stavo indossando. Sapendo che avrei dovuto vestirmi in modo professionale per Remy, ero andata in un grande magazzino discount. I vestiti che avevo comprato lì erano della giusta taglia e calzavano come dovevano.

I miei vestiti erano sempre stati una delle cose che mi facevano sentire come l'animale domestico di Hil quando uscivamo. Lei si vestiva come la figlia di un boss mafioso miliardario, e io mi vestivo come Waldo. Non c'era modo di nascondere il baratro che esisteva tra noi.

"Ti dispiace?" chiese Melanie quando mi vide esitare.

"Per niente," risposi sentendo una vita di insicurezze sollevarsi dalle mie spalle.

Farsi prendere le misure e provare vestiti costosi era un po' imbarazzante all'inizio. Dopotutto, la maggior parte dei completi costavano quanto una piccola auto. E se avessi rovinato quegli abiti? Sarei stata indebitata per il resto della mia vita.

Ma dopo qualche ora, dovetti ammettere che era divertente. Una vita di insicurezze si sciolse mentre mi guardavo allo specchio. E uscendo con ventimila dollari di abiti firmati, non potei fare a meno di pensare che Remy stesse cercando di dirmi qualcosa... Ma cosa?

Arrivando in ufficio il giorno successivo, in un tailleur da tremila dollari, dovetti ammettere che mi sentivo piuttosto bene. Mi aspettavo che nessun altro lo vedesse fino a quando non accesi il computer e fui sommersa da notifiche del calendario.

Mentre la giornata si svolgeva, architetti, designer e esperti di costruzioni sfilarono per l'ufficio. Ognuno mi trattava come una regina. Era surreale. Poi, finalmente, quando non ne potei più, chiesi a uno di loro perché si comportavano così.

"Il signor Lyon ci ha detto che pagherà per qualsiasi cosa lei scelga e ha detto che era fondamentale renderla felice," spiegò l'architetto in tono dolce. "A proposito, le abbiamo portato un assortimento di paste da Dominique. Ne vuole una mentre discutiamo i piani per la ristrutturazione?"

"Certo," dissi, ancora incapace di capire cosa stesse succedendo.

L'edificio, i vestiti, tutti che mi leccavano il culo, perché Remy faceva tutto questo? Aveva reso chiaro che non voleva stare con me. Era questo il suo tentativo di mostrarmi tutte le ragioni del perché? Era per mostrare che poteva fare tutto questo per me mentre io non potevo fare niente per lui? Non capivo.

La settimana successiva passò in un vortice di appuntamenti e decisioni. Stanca e incerta su quale fosse il vero obiettivo di Remy, continuavo a prendere decisioni per il centro di assistenza come se ne fossi la proprietaria. Sembrava non esserci fine alla lista di persone con cui dovevo parlare. E nonostante i miei incontri finissero puntualmente alle diciotto, che avessimo terminato di discutere o no, passavo comunque il resto della serata in ufficio a cercare il significato di parole che non conoscevo. Trascinavo poi il mio corpo stanco sul treno per tornare a casa.

Tutto ciò continuò fino al giorno in cui tornai in ufficio e notai che il mio primo appuntamento era dopo l'orario di lavoro. Qualcosa mi diceva che era il momento giusto. Quando sarei entrata lì, avrei trovato Remy. Lui mi avrebbe aspettato, armato del suo sorriso beffardo e affascinante come sempre.

Come avrei reagito a questo? Sì, i vestiti e l'edificio erano fantastici. Sembrava cambiarmi la vita. Ma io non glielo avevo mai chiesto.

Tutto ciò che avevo sempre desiderato era che lui mi amasse. Che mi tenesse tra le braccia e mi dicesse che ci mi sarebbe sempre stato vicino. Non potevo assolverlo per tutte le cose che aveva fatto solo perché mi aveva fatto qualche regalo. Non potevo. E sarebbe stato un duro colpo per lui scoprirlo quella sera.

Mentre la giornata volgeva al termine, mi preparavo a vedere Remy per la prima volta da settimane. Cercai di rafforzare la mia determinazione. A lui non sarebbe piaciuto quello che gli avrei detto. Poteva essere addirittura la fine tra noi. La fine definitiva. Un passaggio da cui non saremmo tornati indietro.

E, nonostante fossi consapevole che questa potesse essere una delle possibilità, non potevo negare quanto fossi felice di rivederlo. Era stato un totale idiota per quello che mi aveva fatto. Ma mi mancava. Il modo in cui mi guardava mi faceva sentire apprezzata. Remy aveva un modo di farmi sentire la persona più importante del mondo. Era una dipendenza dalla quale era difficile uscire.

Arrivata all'indirizzo, si rivelò essere un lussuoso complesso di appartamenti nel centro di Brooklyn. Mi aveva invitato nel suo nido d'amore? Era questo il motivo per cui mi aveva comprato tutte quelle cose? Ero solo una conquista per lui?

Uscendo dall'ascensore in uno degli appartamenti più lussuosi che avessi mai visto, cercai con lo sguardo chi ero sicura mi stesse aspettando.

"Remy?" chiesi ad una stanza vuota.

Girando lentamente per l'appartamento, rimasi a bocca aperta per la sua bellezza, non ci volle molto a notare il tavolo da pranzo in legno pregiato e il biglietto piantato sopra. Di fronte a me c'era il mio nome. Lo aprii riconoscendo subito la sua grafia.

'Consideralo un vantaggio del lavoro. Niente più viaggi in treno al buio. Goditi la tua nuova casa. Remy'

Continuando il giro, entrai nella camera da letto. La vista sulla città era mozzafiato. Aprendo l'armadio, trovai un guardaroba pieno di vestiti nuovi. Non solo abiti eleganti. C'era qualcosa per ogni occasione.

Era questa la sorpresa, non c'era altro. Non sarebbe arrivato lui di persona. Non quella sera. Forse mai più. Era davvero finita tra noi. Realizzandolo, mi avventurai fuori sul balcone, lasciai andare l'ultimo barlume di speranza e piansi.

Dormire nel letto più confortevole del mondo è strano. Si pensa che ci si possa addormentare più velocemente. Ma era impossibile, distratti dal pensiero che fosse così confortevole.

Visti i pochi impegni della mattina seguente, decisi di dormire un po' di più. Adesso ero a pochi passi dal lavoro e non dovevo più percorrere cinquanta chilometri dal New Jersey. Sembrava un nuovo mondo. E così era il mio atteggiamento verso la vita. Nelle ultime settimane, avevo versato lacrime per una vita intera. Ero pronta a voltare pagina.

Per qualche motivo, Remy mi aveva dato un edificio. Ma non un edificio qualunque. Era quello in cui mio padre aveva vissuto con la sua famiglia. Remy forse non sapeva come essere il fidanzato perfetto, ma capiva una cosa o due sulla giustizia poetica.

"Remy mi ha dato un edificio", dissi quando questa realizzazione mi colpì di nuovo.

Prelevando qualcosa dal frigorifero pieno, decisi di fare una deviazione prima del lavoro. Stavo andando a vedere il mio nuovo posto. Scendendo dal treno, girai l'angolo con l'edificio davanti a me. Guardando gli operai entrare ed uscire, ricordai che avevo un interesse di controllo su quel palazzo. Questa era follia.

Come avevo fatto tante volte da bambina, mi fermai dall'altra parte della strada e lo osservai a lungo. Avevo tanti ricordi dolorosi legati a quel luogo che non potevo contarli tutti. Forse invece di trasformarlo in un centro di assistenza, avrei dovuto venderlo. Non so cosa mi fosse passato per la testa a proporlo come un posto in cui avrei dovuto andare ogni giorno.

Questo pensiero mi ricordò un'altra cosa che dovevo fare: dovevo iniziare a pensare ad assumere persone. Dopotutto, Remy non mi aveva chiesto aiuto per le mie competenze manageriali. Era perché ero la migliore amica povera e nera di sua sorella.

Riflettei per un secondo. Remy non aveva chiesto il mio aiuto, nonostante sia povera e nera. Anzi, l'aveva chiesto proprio perché lo sono. In questo caso, esserlo era andato a mio vantaggio.

Remy una volta mi aveva detto che quando accetti te stesso, ottieni ricompense. Potrebbe aver avuto ragione?

Certo, non mi avrebbe fatto alcun dono se non fossi stata io. E, più scelte dovevo fare per il progetto del centro comunitario, più importante mi sembrava la mia opinione. Suppongo che in realtà non fosse la mia opinione specifica. Sarebbe stata l'opinione di chiunque non fosse cresciuto con un cucchiaio d'argento in bocca.

Davvero, cosa stavano pensando questi progettisti? Un centro di paintball? Già, era proprio quello di cui gli abitanti di Brownsville avevano bisogno, un modo per spararsi a vicenda per divertimento. Non potrebbe mai succedere nulla di male da ciò.

No, il centro sarebbe stato ad uso dei ragazzini. Al primo piano ci sarebbero state stanze silenziose dove i ragazzi potessero semplicemente sedersi e rilassarsi perché quello è il vero aspetto di un luogo sicuro. Al secondo piano ci sarebbero stati tutor e consulenti. E al terzo piano, le risorse LGBT.

Per questo, avremmo potuto avere mentori che venissero a parlare. Ogni sera della settimana poteva essere per un gruppo diverso, sia che si trattasse di questioni LGBT o di donne in relazioni tossiche.

"Dillon?" disse qualcuno, attirando la mia attenzione. "Dillon, vero?"

"Sì," dissi, fissando senza espressione il giovane dalla pelle scura davanti a me.

Essendo stata lontana dal quartiere per tutto quel tempo, sentir pronunciare il mio nome mi innervosiva. La mia vita era cambiata un bel po' da quando avevo tredici anni.

"Sono James. O meglio, Jimmy. Siamo andati a scuola insieme," disse il ragazzo leggermente più grande.

"Jimmy! Certo!" dissi vivacemente.

Lui sorrise.

"Non hai idea di chi sia, vero?"

Risi imbarazzata. "Mi dispiace."

"No. Non preoccuparti. Non ci conoscevamo davvero allora."

"Oh, okay," dissi, confusa. "Ma siamo andati a scuola insieme?"

"Sicuramente sì," disse lui con un sorriso che suggeriva di più.

Lo guardai ancora. No, non me lo ricordavo. Ma, era carino, e il suo sorriso mi diceva qualcosa. Abbassando le difese, mi rilassai.

"Frequentavamo le stesse classi o qualcosa del genere?" dissi con un sorriso che speravo comprendesse.

"No. Ero due anni avanti. Ma mi ricordo di te."

"Perché?"

"Beh, primo perché eri carina. Molto carina. Lo sei ancora," disse, confermando i miei sospetti. "E due, sei stata la prima ragazza con cui ho… osato flirtare."

"Sul serio?" chiesi, non aspettandomi quella risposta.

Arrossì. "Sì, eri sempre così… Non so, sicura di te. All'epoca, ero molto più robusto di quanto sono ora ed ero molto insicuro a riguardo. Tu eri solo te stessa."

Risi. "Sono contenta che apparissi in quel modo. Ma posso assicurarti che non era così."

"Forse. Ma, devo dire, pensarlo mi dava speranza, sai? Ho preso molte decisioni basate sulla ragazza che pensavo fossi."

"Cavolo," dissi, smettendo di fare la civetta. "Grazie."

"No, grazie a te," disse con gratitudine. "Quindi, cosa stai facendo ora? Te ne sei andata dal quartiere, vero? È stato un paio di anni fa."

"Sì. Mia madre ha trovato un lavoro. Abbiamo finito per trasferirci più vicino. E tu? Vivi ancora qui?"

"No. Sono andato in un college comunitario in Virginia. Quindi sono stato là per un po'."

"In Virginia? Perché proprio lì?"

"È vicino alla sede dell'FBI. Volevo seguire alcuni programmi specialistici che permettevano un facile iscrizione."

Mi bloccai. "All'FBI? E hai… ti sei iscritto, voglio dire?"

Jimmy sorrise con orgoglio. "Sì."

"Oh, complimenti. In quale divisione?" chiesi esitante.

Si avvicinò e abbassò la voce. "Crimine organizzato."

"Oh!" risposi, pensando subito a Remy. "Bene," dissi, cercando di non entrare nel panico.

"Sì. Ho pensato, quale modo migliore per dare qualcosa alla comunità che provare a togliere alcuni membri delle bande dalle strade? E tu? Cosa stai facendo ora? Immobiliare?"

Lo fissai nervosamente. "Cosa te l'ha fatto pensare?"

"Ho notato che stavi guardando l'edificio. Sembra che stessi studiando la situazione. Se non ti conoscessi, sarei preoccupato," scherzò.

"Oh," risi. "Intendo dire, in un certo senso." Mi fermai per scegliere attentamente le parole. "Sto lavorando con la persona che sta trasformando l'edificio in un centro di servizio alla comunità."

"Sul serio? È fantastico. Sai, se avessi mai bisogno di qualcosa, come fare in modo che le bande non vi diano fastidio, qualsiasi cosa davvero, dovresti chiamarmi," disse flirtando prima di tirare fuori un biglietto da visita.

Dovevo rapidamente frenare qualsiasi pensiero avesse su di noi. L'ultima cosa che dovevo fare era frequentare qualcuno dell'FBI mentre lavoravo per il figlio di uno dei più grandi boss della mafia della città.

"Sarò onesta, sto solo riprendendomi da… Non so come lo chiameresti, una relazione complicata? Quindi non sono pronta per qualcosa in questo senso. Ma potrebbe essere utile toccare il discorso delle strategie di sicurezza per il centro."

"Certo. Qualsiasi cosa tu abbia bisogno. Fammi sapere. È stato bello rivederti, Dillon," disse, assicurandosi che il suo interesse fosse chiaro.

"Anche per me, Jimmy. Voglio dire, James. Mi terrò in contatto," dissi, alzando il suo biglietto da visita mentre se ne andava.

Lasciando il quartiere, pensai alla mia conversazione con Jimmy. Era incredibile pensare che potessi aver avuto un tale effetto su di lui. Allora, mi sentivo costantemente miserabile per essere grassa e non riuscire a stare al passo con le altre ragazze. Eppure, Jimmy aveva preso fiducia guardando me.

"Com'era possibile?" chiesi ad alta voce, cercando di capire tutto.

Tornando in ufficio, aggiunsi qualcosa di nuovo al mio calendario. Dovevo iniziare con le assunzioni. I programmi che immaginavo per il centro dovevano essere progettati, e non avevo idea di come fare.

Sapendo che Remy aveva accesso al mio calendario, decisi di metterlo alla prova. Bloccai del tempo e lo etichettai 'Inizio del processo di assunzione'. Premendo salva, fissai lo schermo aspettando una reazione. Quando vidi che non succedeva nulla, risi delle mie aspettative poco realistiche e proseguii la mia giornata piena di incontri.

Dopo aver rivisto innumerevoli progetti, e poi cercato tutte le nuove parole che avevo sentito, ero esausta. Camminando verso la mia nuova abitazione, pensai di nuovo al mio incontro con Jimmy. Non riuscivo a liberarmi della sensazione che c'era qualcosa di importante che mi ero persa a riguardo. Mentre preparavo la cena con i sofisticati antipasti che riempivano il mio frigo, ripensai alla nostra conversazione.

Non fu fino a quando mi sdraiai nel letto, addormentandomi, che finalmente ebbi un'idea. Remy aveva detto che accettare il proprio se stessi portava delle ricompense. E nonostante le mie lotte personali, Jimmy era stato ispirato proprio da me.

Mentre quel pensiero mi pervadeva, un sorriso mi solleticò le labbra. Remy aveva ragione. Accettare il proprio vero sé porta ricompense. Rotolandomi nel letto mi sentivo più saggia, abbracciai un cuscino e mi addormentai rapidamente.

Entrando in ufficio la mattina successiva trovai nuovi incontri programmati sul mio calendario. Una serie di addetti alle risorse umane, reclutatori di lavoro, e rappresentanti di siti di offerte di lavoro riempivano l'agenda. Come aveva fatto Remy a organizzare tutto ciò in una sola notte? Non avrei mai potuto permettermi di provare qualcosa per Remy di nuovo, ma dovevo ammettere che non era così male.

Nelle settimane seguenti, Remy ed io cademmo in una routine di comunicazione indiretta. Inserivo richieste nel mio calendario, e lui le esaudiva, solitamente il giorno successivo. Non ero sicura del perché, ma i nostri scambi erano stranamente confortanti. Stavo quasi iniziando a credere che potessi gestire tutto.

Durante un pranzo con Hil quando era volata in città per far visita alla madre, la misi al corrente del mio lavoro e di tutte le agevolazioni che ne derivavano.

"Remy dice che stai facendo un lavoro fantastico," disse Hil orgogliosa.

Poteva anche essere vero. Ma non potevo fare a meno di pensare ai benefici di Remy come a una sorta di pagamento per il senso di colpa.

"Grazie. Fa piacere sentirlo," risposi con umiltà.

"No, davvero! Quello che stai facendo è grandioso. Hai idea dell'effetto che avrà questa cosa sulle persone? Amavo mio padre. Davvero. Ma ha fatto troppe cose sbagliate.

"Era come se non avesse alcuna coscienza. Le storie che Remy mi raccontava…," disse sospirando e trattenendo le lacrime. "Ti dirò solo che quello che stai facendo significa molto… per tutta la famiglia," concluse Hil con le lacrime agli occhi.

Guardando Hil, mi resi conto che quello che stavo facendo significava più per la sua famiglia di quanto avessi considerato. Continuavo a pensare che fosse un progetto di vanità di una ricca famiglia. Ma sia Remy che Hil avevano versato lacrime quando si era parlato dell'eredità del loro padre.

Cosa avrebbe potuto fare che richiedeva un centro di assistenza comunitaria come penitenza? E in che modo io potevo aiutarli? Ero una signorina nessuno che veniva dal nulla.

Ero tutto ciò che nessuno voleva essere. Ero grassa, nera, e povera. Il fatto che potessi avere quel tipo di impatto su una famiglia che aveva tutto non aveva senso.

"Avevi ragione, sai," dissi a Hil cambiando argomento.

"Su cosa?" chiese lei asciugandosi gli occhi.

"Su tutto. Quando ti avevo chiesto di prendere questo lavoro, ero così sicura che Remy avesse chiuso con il mondo in cui eravate cresciuti, eppure, nel giro di pochi giorni, si è fidanzato con la figlia del rivale della vostra famiglia."

Hil guardò via tristemente, "Eh."

"E hai detto che se mi fossi permessa di provare sentimenti per lui, mi avrebbe spezzato il cuore."

Era il mio turno di versare lacrime.

"Oh, Dillon!" disse Hil mettendo rapidamente la mano sulla mia per confortarmi. "Non volevo avere ragione su questo. Non mi lascerai, vero?"

Misi un sorriso sicuro sulla mia faccia. "Mai. Non ti lascerò mai," dissi sinceramente.

Hil mi strinse la mano e sorrise. "Lascia che paghi io, così possiamo andare a vedere su cosa hai lavorato così duramente."

"No, ho già pagato io," risposi orgogliosa.

Hil sembrò preoccupata. "Dillon, non dovevi."

"Lo so. L'ho fatto con il cuore. Sto guadagnando ora. E se voglio superare i miei problemi, devo essere io a fare le cose per gli altri una volta tanto. Permettimi di fare questo per te."

Hil sembrò ancora titubante.

"Per favore. Ci tengo."

Hil finalmente sorrise e cedette. "Certo. Grazie," disse guardandomi con una luce nuova.

Mesi dopo, con l'apertura del rinnovato centro di assistenza prevista per il giorno successivo, mi trovai a lavorare fino a tardi in quello che un tempo era l'ufficio di Remy. Sola e immersa nei miei pensieri, fui sorpresa dal rumore della porta che cigolava nell'aprirsi.

Girando attorno alla scrivania, mi fermai incredula. Remy camminava verso di me guardandomi fisso negli occhi. Rimasi senza parole. Quando fu a un metro di distanza da me, un maremoto di emozioni mi travolse.

Quando riuscii di nuovo a parlare, le mie parole furono banali: "Sono arrabbiata con te."

"Davvero? Non riesco a immaginare perché. La tua nuova posizione nella vita ti si addice," ribatté Remy, gli occhi che vagavano sulla mia mise.

Arrossendo leggermente, guardai la mia elegante tenuta e poi guardai lui risentita. "Pensi che me ne importi di questo?"

"Credo di sì. Almeno un po'," ammise.

Volevo negarlo. Ma in fondo sapevo che aveva ragione.

"Ti aspetti che ti riversi addosso gratitudine per quello che hai fatto?" domandai rigidamente.

"Non mentirò, ne ero un po' in attesa," rispose Remy, il suo fascino lentamente ritornava.

Mi avvicinai a lui. "Ebbene, non lo sono. Sono arrabbiata con te."

"Ok, dimmelo. Cosa ho fatto?"

Imbronciata dissi, "Non trattarmi come se i miei sentimenti non contassero."

"Non lo sto facendo. So che contano. E mi dispiace."

"Mi hai abbandonata. Mi hai fatto pensare che tra noi stava nascendo qualcosa e poi mi hai ignota… per mesi. Mi hai spezzato il cuore."

Remy si fermò mentre il dolore lo travolgeva. "L'ho fatto. Mi perdoneresti se ti dicessi che c'era un buon motivo?"

"Perché dovevi organizzare il tuo matrimonio?" sputai.

Remy distolse lo sguardo per estrarre il mio pugnale dal suo cuore. "Suppongo di sì."

"E sai cosa mi fa ancora più arrabbiare?"

Remy, ora a pochi centimetri da me, chiese, "Cosa?"

"Che sei un ipocrita."

"Sono un ipocrita? Devo ammettere che nelle migliaia di volte in cui ho immaginato questo momento, non ho mai pensato che mi avresti chiamato ipocrita."

"E invece lo sei."

"Allora illuminami. In che modo sono ipocrita?"

"Sei un ipocrita perché fai una gran questione delle ricompense che derivano dall'essere se stessi e poi, non appena ti capita la stessa scelta, fai l'opposto."

"Pensi che il mio ritiro sia un rifiuto del mio vero io?"

"Non lo penso. Ne sono certa."

"È interessante, perché io penso che il mio vero io sia qualcuno che fa tutto il possibile per mantenere al sicuro le persone a cui tiene. Per soffrire, per resistere, per farsi male pur di assicurarsi che nulla accada alle persone che amo. Stai dicendo che io non sono davvero così?"

"Le persone che ami?" chiesi vulnerabile.

"La persona che amo," precisò Remy.

Mi ammorbidii alle sue parole, ma mantenni la mia risolutezza, "Ma non sei senza cuore."

"Chi ha detto che sono senza cuore?"

"Lo hai detto tu. Con i tuoi comportamenti."

"Per favore, illuminami."

"Pensi di poter vivere la tua vita con il cuore chiuso a chiave, negando tutto ciò di cui hai bisogno e desideri, ma non puoi. Sei gentile e vulnerabile. Sei gentile e meraviglioso. So che pensi di doverlo essere, ma non sei come tuo padre. Questo è un bene. E come un uomo saggi mi disse una volta, quando sei te stesso, sarai ricompensato."

A quel punto Remy si chinò. Incrociando il mio sguardo, chiuse gli occhi e lentamente colmò lo spazio tra noi. Mentre il suo caldo respiro sfiorava la mia guancia, potevo sentire il tenue profumo del suo dopobarba, un mix di sandalo e agrumi che mi mandava brividi lungo la schiena. Il cuore mi batteva a mille mentre le mie labbra bruciavano di anticipazione.

Come se avesse aspettato una vita, le nostre labbra si scontrarono: morbide, tenere, come il soffio sommesso di un velluto. Era tutto ciò che avevo sognato. Chiudendo gli occhi, mi lasciai andare a quel momento. Ogni nervo del mio corpo si risvegliò mentre lo ricambiavo.

Le sue dita sfiorarono la mia guancia prima di infilarsi delicatamente tra i miei ricci, cullando la parte posteriore della mia testa. Sentendo la sua carezza, le mie braccia si avvolsero intorno al suo collo. Quando il suo caldo corpo premette comodamente contro il mio, i nostri corpi iniziarono a dondolarsi.

Mentre il nostro bacio si faceva più intenso, il suo sapore rimase sulla mia lingua. Era dolce come la ciliegia più matura e io bruciavo come la menta. Con il respiro mozzo, il petto mi si riempì di emozioni. Nel suo abbraccio, realizzai finalmente la verità: tra le sue braccia era il mio posto.

"Aspetta," dissi, allontanandomi.

"Mi hai chiesto di essere me stesso. Questo sono io e voglio baciarti. Ho sempre voluto baciarti. Guardandoti giocare con Hil da bambini, volevo baciarti. Non sono mai stato nessun altro."

"Non posso essere la tua amante," insistetti.

"Non lo sei. Sei l'unica donna. Lo sei sempre stata."

"E che mi dici di Eris?"

"Cosa ne so di lei? È la donna che sono costretto a sposare per mantenere in vita tutti quelli intorno a me. Non è la persona con cui voglio stare. Sicuramente non è la persona con cui voglio fare sesso."

"Ma tu lo fai?"

"Fare cosa? Sesso? Con lei? Sarebbe come infilare il mio cazzo in una trappola per orsi. Non succederà mai. Lei pensa che lo faremo. Ma ti dico, non succederà."

"Cosa, non farai mai più sesso?" chiesi dubitosa.

"Da tanto tempo non lo faccio," disse Remy con un sorriso frustrato.

"Quanto tempo è passato?"

"Da quando ho fatto sesso?"

"Sì."

"Dal momento in cui ho capito che eri tu la prescelta."

"E quando è stato?"

Remy rifletté. "Beh, direi dal momento in cui ci siamo incontrati. Ma ufficialmente… ti ricordi quando Hil è stata rapita e sono venuto da te a cercarla?"

"Sì."

"Dal momento in cui hai aperto la porta e ho guardato nei tuoi occhi. È stato allora che ho capito che non potevo più negarlo. Ero tuo e avrei fatto qualsiasi cosa per farti diventare mia.”

“Oh,” dissi mentre il calore mi percorreva.

Non sapendo cosa fare, chiesi, “Verrai all’inaugurazione del Centro domani?”

“Era nei miei piani.”

“Bene.”

“Ti dispiacerebbe se facessimo qualcosa per festeggiare dopo?”

Rimasi di sasso. Cosa intendeva per festeggiare? Non è che non lo volessi lì o non volessi festeggiare con lui. Non c’era nessuno con cui avrei preferito stare. Quel traguardo era tanto suo quanto mio. Anche quando mi aveva lasciata, mi era comunque stato vicino. Ora volevo stare con lui.

“Niente di sofisticato,” concedetti.

“Non ci sono garanzie.”

“Tutto quello che hai detto è bello. Ma non voglio darti l’impressione che ti abbia perdonato per avermi lasciata così.”

Remy annuì, comprendendo la mia esitazione. “Capisco.”

“Allora, niente di elegante?”

Remy sorrise. “Non posso garantire nulla.”

Capitolo 10

Dillon

Hil e Cali uscirono dalla scala agitando le mani per attirare la mia attenzione. Alzai lo sguardo e vidi il volto di Hil illuminato, i suoi occhi luccicavano di lacrime non ancora versate.

"Sono appena stata lassù, al centro di assistenza," disse Hil, visibilmente emozionata. "Hai fatto un lavoro fantastico, Dillon."

"Beh, non sono stata solo io," risposi, toccata dalla sua reazione. "Hanno contribuito anche altre persone. È incredibile quanto lavoro e cooperazione siano necessari per un progetto come questo."

Poi, aggiunsi con riluttanza: "Molto del merito va anche a Remy."

Hil mi interruppe subito. "Non osare dare a mio fratello merito di qualcosa di cui non ha fatto niente. Non dopo come ti ha trattato."

Cedetti, sapendo che Hil non aveva avuto alcun aggiornamento dopo il bacio della notte scorsa. Ma, indipendentemente da questo, non potevo ignorare il ruolo che Remy aveva avuto nel realizzare quel centro di assistenza.

Non solo era stata una sua idea, ma io ero una ragazza di ventun anni che non sapeva niente di niente. Lui aveva trovato i progettisti, gli architetti, i reclutatori, tutti. E dopo aver trasformato la creazione del centro in un quiz a scelta multipla, aveva messo al mio fianco persone che mi indicavano le risposte giuste.

Sarei stato persa senza di lui. Anzi, non è vero. Non avrei neanche cercato di farlo in primo luogo. Non avrei avuto la sicurezza né la spinta per guardare oltre le mie insicurezze. Senza dire una parola per mesi, Remy aveva cambiato la direzione della mia vita.

"Parlando di accaparratori di meriti," sussurrò Hil a denti stretti.

"Cazzo!" esclamò Cali vedendolo arrivare.

Nel voltarmi a guardare Remy, il desiderio invase il mio corpo. Mi odiavo per questo, ma avevo rinunciato a cercare di combattere i miei sentimenti per lui. Non importava cosa facesse Remy, io lo avrei perdonato. Perché, nonostante tutto, Remy era un bravo uomo, e non c'era niente che mi avrebbe impedito di amarlo.

"Cazzo, infatti!" concordai, ma per un motivo molto diverso.

Chiamai Remy, cercando di controllare le mie emozioni. Mentre si avvicinava, ci salutò con un sorrisetto. "Sorella," disse a Hil, annuendo. "Rambo di campagna," aggiunse, rivolgendosi a Cali.

Cali alzò gli occhi al cielo, con la mascella serrata. "Vado a prendere da bere. Qualcun altro ne vuole uno? No? Bene," disse prima di allontanarsi.

"Perché lo tratti sempre così? Sei un vero stronzo," sbottò Hil prima di affrettarsi a seguire il suo ragazzo.

"Perché lo tratti sempre in quel modo? Sai che lui è buono con Hil, vero?" chiesi a Remy.

"È il miglior uomo che conosco. Ha preso un proiettile per mia sorella. Voglio dire, Cristo."

"Allora perché gli dici quelle cose?"

"Non trovi che sia un po' fastidioso per quanto sia perfetto?" rispose Remy con un sorrisetto. "Voglio dire, o si è una grande persona o si ha i capelli fantastici. Bisogna fare una scelta."

"Sappiamo cosa hai scelto tu," dissi, accarezzando i suoi lucidi capelli neri.

"Sì. Grazie!" disse risolutamente.

"Dillon," disse Jimmy, avvicinandosi a noi.

Ricordandomi chi era e cosa era Remy, mi irrigidii. "Oh, Jimmy. Voglio dire, James. Questo è Remy, il proprietario dell'edificio e la persona che finanzia il centro di assistenza."

Le sopracciglia di Remy si inarcarono mentre mi guardava, confuso. "Non è mio il centro. Pensavo che tu lo sapessi…"

Lo interruppi. "James ed io andavamo insieme alla scuola media. Lui ora lavora all'FBI."

Le sopracciglia di Remy salirono alla sua perfetta linea dei capelli. "Davvero?"

"In quale divisione?" gli chiesi.

"Principalmente nella divisione crimini organizzati," rispose allegramente.

"Davvero?" chiese Remy, voltandosi verso di me, sbalordito.

"C'è molta attività di gang nella zona," spiegai. "I ragazzi che vengono qui devono sapere che saranno al sicuro. Quindi, quando ho saputo cosa stava facendo James, ho chiesto se fosse interessato a collaborare con noi per fornire un luogo sicuro ai ragazzi.

"Inoltre, per fortuna nostra, lui si è dimostrato disponibile."

"Sono cresciuto qui intorno. So quanto un posto così sia necessario."

"Bravo!" esclamò Remy, nascondendo il panico dietro i suoi occhi. "Quindi lo hai reso un partner ufficiale del centro?"

"Sì," dissi, fissando gli occhi di Remy.

"Eccellente! Tieni i tuoi amici vicino. Non è vero?"

"Certo che sì," disse Jimmy per la prima volta, dando l'idea che sapesse chi era Remy.

Le labbra di Remy si strinsero, cercando di sorridere. "Dove diavolo è Cali con quel drink?"

"Scusaci," dissi seguendo Remy mentre si allontanava.

Quando fummo fuori dalla portata d'udito di Jimmy, Remy sussurrò: "Hai stretto una partnership con la divisione crimini organizzati dell'FBI?"

"Non con il dipartimento. Con James."

"Certo. Perché se scoprirà qualcosa mentre usa questo posto come base per le sue operazioni certamente non lascerà quella stanza," schernì Remy, genuinamente scosso.

"Remy, volevi un centro per la comunità dove si potesse realmente aiutare la gente. Ecco qua. E collaborare con qualcuno come Jimmy è un male necessario. Avresti preferito che al posto suo ci fosse un pusher di una delle gang locali? Perché queste erano le due opzioni."

Remy si calmò. "Non sto mettendo in discussione le tue scelte, Dillon."

"Sembra proprio di sì."

"Non lo sta facendo. Credimi, penso che tu abbia fatto un lavoro straordinario. Questo posto non sarebbe mai esistito senza il tuo duro lavoro e tutto ciò che hai fatto. Grazie, Dillon. Sei incredibile."

Nell'assimilare quel suo complimento, un sorriso sgorgò dalla parte più profonda di me.

"Apprezzo ciò che hai detto." Guardai nei suoi bellissimi occhi riconoscenti. "E riconosco quanto abbia lavorato anche tu. Nessun altro lo vede, ma io sì."

Remy voleva stringermi tra le sue braccia. Lo sentivo. Invece, la sua mano rimbalzò toccandomi il braccio.

"Lo apprezzo," disse sinceramente. "E, suppongo che non sia il solo a cui piace vivere pericolosamente," disse con un sorriso.

Sorrisi sapendo che era vero. "Suppongo di no."

"Man mano che proseguiva la giornata, presentai Remy a tutti i presenti. A ogni presentazione avevo sempre più la sensazione di presentare il mio fidanzato. Sapevo che non lo era, e non lo sarebbe mai stato. Ma, quella era l'energia tra noi.

Il modo in cui Remy mi guardava non aiutava. Sembrava stesse immaginando di lanciarmi su un letto, rovesciarmi e prendersi ciò che desiderava.

Inoltre, quell'uomo usava ogni scusa possibile per toccarmi. Voglio dire, anche io facevo lo stesso, ma non ero io che stavo pianificando il mio matrimonio; lui sì. Io ero quella troppo stupida da non riuscire a smettere di innamorarsi di un ragazzo che stava pianificando il suo matrimonio. Quindi ne avevo il diritto.

In piedi di fronte a tutti, dopo che Hil insistette per farmi fare un discorso, riflettei su cosa dire. Guardando mia madre, che aveva parlato con la madre di Remy, mi venne un'idea.

"Vorrei ringraziare tutti per essere qui," cominciai. "Inoltre, vorrei ringraziare tutti coloro che hanno accettato di lavorare e fare volontariato per il centro. Sono nata molto vicino a qui. Vedevo quest'edificio quasi tutti i giorni. Non avrei mai potuto immaginare che sarebbe diventato un posto in grado di migliorare la vita dei bambini."

Mi fermai abbassando la testa mentre ricordavo di avere guardato quelle luci alle finestre, desiderando che mio padre mi accettasse.

"Credo sia importante che tutti qui sappiano che sono sempre stato insicura del mio aspetto, specialmente riguardo al mio peso. Pensavo fosse importante dirlo. Crescendo in questo quartiere, non ho sempre creduto di essere accettata per quello che sono.

"Voglio che questo spazio sia uno dei primi di tanti posti in questa comunità dove le persone possono sentirsi a proprio agio con se stesse in qualunque modo che sia. Qualcuno mi ha detto una volta che quando accetti te stesso, ricevi una ricompensa. Bene, io sono insicura, e sono meticcia, con una madre nera e un padre bianco che non ha voluto avere niente a che fare con me. Non so perché, ma era così.

"Queste cose mi hanno plasmato. Spesso, sono fuggita da loro. Ma questo è il mio vero io. Voglio che questo centro sia un luogo dove tutti si sentano al sicuro ad essere se stessi. Perché credo che se sei fedele a te stesso, la vita ti ricompenserà," dissi guardando Remy.

Mentre mi allontanavo tra gli applausi di tutti, tutti si congratularono con me, a partire da Hil.

"Non mi avevi mai parlato di tuo padre," disse.

"Non me lo hai mai chiesto," risposi con un sorriso.

"Sembrava sempre un argomento di cui non volessi parlare."

"Credo di sì." Sospirai. "Perché era difficile."

"Oh, Dillon," disse, tirandomi in un abbraccio. "Sono stata una buona amica per te?"

"Hil, sei stata la miglior amica che potessi mai chiedere. Grazie per tutto quello che hai fatto per me."

"Non credo che sarei sopravvissuta alla mia vita senza di te," rispose Hil, con la voce rotta.

"Per favore, non piangere. Se lo fai, sarò io la prossima, e non ce la farò mai a superare questa giornata," scherzai.

Hil mi lasciò e rispose ridendo. "Vai a fare quello che devi fare," disse, spingendomi via.

Quando le cose stavano per concludersi, l'unico con cui non avevo parlato era Remy. Lo avevo tenuto d'occhio per tutta la giornata. Era stato il solito se stesso affascinante. La maggior parte delle signore anziane e tutte le ragazze con le quali aveva parlato si erano innamorate di lui, perché, ovviamente, era così. Chi non lo avrebbe fatto? E dopo che tutti, tranne il personale delle pulizie, se ne erano andati, Remy si avvicinò a me, raggiante.

"Sei stata incredibile oggi," disse, guardandomi ancora in quel modo.

"Grazie."

"Sai, quando ti ho suggerito di lavorare con me, non credevo veramente che ce l'avresti fatta."

Lo guardai, scioccata. "Non credevi in me?" chiesi, colpendo il suo braccio.

"No, intendo che sapevo che potevi. Semplicemente non pensavo che l'avresti fatto. L'unico motivo per cui te l'ho suggerito era un pretesto per guardarti ogni giorno."

"Beh, non è successo," dissi, con disprezzo.

"No, non è successo."

"No."

Potevo vedere i suoi pensieri che turbinavano. Stavo per chiedergli cosa stesse pensando quando lui domandò:

"Sei pronta per una tua sorpresa ora?"

Un lampo di eccitazione mi attraversò.

"Di che si tratta? Hai preparato per me una cena elegante sul tetto?" chiesi, cercando indizi.

"No. Ma sarebbe stata un'ottima idea," disse seriamente. "Ehm, avevo solo pensato di dividere con te una barretta di cioccolato che tengo in macchina."

La mia bocca si spalancò.

"Hai detto che non volevi che facessi nulla di troppo sofisticato, giusto?"

"No, hai ragione. È quello che ho detto," concordai, non sapendo se stesse scherzando.

"Quindi, vuoi quella barretta di cioccolato ora?"

Mi guardai intorno, chiedendomi se stesse per prendermi in giro. Quando non vidi una troupe di telecamere sbucare, tornai a guardare Remy.

"Eh, certo?"

"Bene," replicò Remy, guidandomi fuori. "Non fraintendermi, è una gustosa barretta di cioccolato. L'ho trovata in un negozio specializzato. Penso ti piacerà."

"Va bene," dissi, seguendolo dall'altra parte della strada fino alla sua elegante auto.

Una volta entrato, chiese, "Sei pronta per questo?"

"Immagino di sì," dissi, cercando di nascondere la mia delusione.

Remy si allungò sulle mie gambe e aprì il vano portaoggetti. Guardando dentro mentre lo faceva, era vuoto.

"Oh cavolo!" esclamò con gli occhi chiusi. "L'ho lasciata sul bancone. Non posso credere di averla dimenticato. Mi dispiace molto," disse Remy sinceramente. "Ti dispiacerebbe molto se andassimo a prenderla? Se non ti senti a tuo agio a tornare a casa mia, potrei portartela domani."

Remy non stava scherzando. Era serio. Dopo tutto il discorso sul far festa, era questo il meglio che poteva venire fuori. Se lo avessi saputo, avrei organizzato qualcosa con Hil. Quante volte Remy avrebbe dovuto deludermi prima che imparassi la lezione?

"Possiamo prenderla adesso," dissi, non nascondendo più la mia delusione.

"Non dobbiamo," rispose lui, vedendo l'espressione sul mio volto.

"No, non ho niente altro programmato," dissi seccamente.

"Bene," rispose con un sorriso dolce. "Ti prometto che ne varrà la pena."

"Dev'essere una barretta di cioccolato dai sapori incredibili," mormorai, non guardandolo più.

"Lo sarà," disse, avviando la macchina e partendo.

Mentre guidava, guardavo fuori dal finestrino del passeggero, persa nei miei pensieri. Come avevo potuto farmi prendere ancora una volta da lui? Era solo sinonimo di cuore infranto. Era colpa mia. Ero veramente patetica.

"Siamo arrivati," disse Remy, svegliandomi dai miei pensieri.

Mi guardai intorno, non eravamo a casa sua. Eravamo all'aeroporto. Ma non LaGuardia o JFK, un aeroporto per gli aerei privati. La macchina era parcheggiata a dieci metri da un jet.

"Cosa sta succedendo?" chiesi, confusa.

Remy mi guardò, altrettanto confuso. "Ah! Pensavi che intendessi casa mia a New York? No." Fu allora che mostrò il suo primo sorriso. "Sei ancora d'accordo a venire?"

Non sapevo cosa pensare. "Io…"

"Solo sì o no," disse, guardandomi intensamente negli occhi.

"Sì."

La parola uscì prima che potessi anche solo pensarci.

"Bene," rispose, scendendo dalla macchina e consegnando le chiavi a un addetto.

Fermatosi per offrirmi la sua mano in fondo alle scale, guardai verso l'aereo. Non era piccolo.

"Remy, cosa sta succedendo?"

"Andiamo a prendere quella barretta di cioccolato. Mi hai detto di non fare nulla di stravagante. Quindi, sto mantenendo le cose semplici," disse, non nascondendo più il suo sorriso diabolico.

Sentii un calore dentro di me nel capire che Remy era proprio come pensavo fosse. Sorridendo, presi la sua mano e salii le scalette. All'interno c'era una lussuosa cabina decorata con sedili in pelle color beige elegante e luci d'ambiente. Nonostante le dimensioni, sembrava intimo e accogliente. Mentre mi sistemavo su uno dei sedili imbottiti, Remy mi sussurrò nell'orecchio.

"Mettiti comoda."

"Suppongo che non mi dirai dove stiamo andando," gli chiesi mentre si allacciava le cinture sulla poltrona di fronte alla mia.

"Andiamo a prendere quella barretta di cioccolato," rispose lui, fastidiosamente orgoglioso di sé stesso.

Una volta che eravamo in volo, guardai giù. Fummo rapidamente circondati dall'acqua. Non sapevo cosa pensare. Fortunatamente, non ebbi molto tempo per farlo. Con l'aereo in volo stabile, un'hostess allestì un tavolo davanti a me. Una volta pronto, Remy prese la poltrona dall'altra parte.

"Immagino tu sia abbastanza affamata a quest'ora. Spero non ti dispiaccia che ho organizzato la cena."

"Per niente," gli dissi prima che desse il segnale alla hostess.

Non ero stata su molti aerei prima, quindi non avevo molta esperienza con il cibo a bordo. Ma non avevo idea che potesse essere così buono. Mangiammo un'insalata che portava il nome di un imperatore, una bistecca che portava il nome di un giocatore di basket, e per dessert, un gelato che portava il nome di uno stato. Era tutto ciò che veniva servito su un aereo battezzato con un nome?

"Non so, stai arrivando pericolosamente vicino a violare la regola del 'niente fronzoli'."

"Cosa? No, era solo quello che avevano a bordo. Credimi, se avessero avuto hot dog, li avremmo presi. Se non altro, sono un uomo che segue sempre le regole," disse lui, affascinante.

Risi. "Sì, certo. Dimmi una volta nella tua vita in cui hai scelto di seguire le regole."

Remy dovette pensarci, ma trovò una risposta. Ne trovò alcune. E ciò che seguì fu la conversazione più lunga che avessi mai avuto con lui. Guardandolo, non avrei mai indovinato quanto fosse profondo.

"Come hai fatto a crescere nel tuo mondo?" chiesi.

"In che senso? Intendi avere accesso a una fornitura infinita di soldi perché nascosti in ogni contenitore nella nostra casa? Intendi lavorare per mio padre, che era anche il boss mafioso più temuto di New York? O intendi dovendo dimostrare ogni giorno il mio valore a squali che possono sentire l'odore del sangue nell'acqua?"

"Raccontami delle ragazze," gli dissi, sapendo che in tutti gli anni in cui lo conoscevo, non aveva mai accennato a una.

"Perché vorresti parlare di quello?"

"Non lo so. Forse mi eccita," suggerii flirtando.

"Perché non mi racconti dei tuoi ragazzi?" disse, appoggiandosi in avanti interessato.

"Non cambiare discorso, Signor Furbetto. Ho chiesto delle tue ragazze. So che ce ne sono state molte."

Remy sembrava turbato dall'argomento.

"Cosa vuoi che ti dica?"

"C'è stata qualcuna di speciale?" chiesi, nascondendo il terrore che provavo per la sua risposta.

"No."

"Nessuna?"

"Non proprio."

"Perché no?"

Remy prese un respiro profondo.

"Immagino ci siano molte ragioni. Una era che non mi sentivo a mio agio nel trascinare qualcuno nel mio mondo. È una richiesta troppo grande per chiunque. Quindi, non ho permesso a nessuna di avvicinarsi troppo."

"Da qui l'offensiva del fascino."

"Cosa intendi?"

"Sei molto affascinante, Remy. Non fingere di non saperlo. Ma è come il modo in cui prendi sempre in giro Cali, vero? È perché non vuoi rivelare chi sei veramente, un tipo dolce e premuroso."

"Cosa stai cercando di fare, farmi uccidere? Perché nel mondo in cui sono cresciuto, questo è ciò che accadrebbe al tipo che hai descritto."

Mi si spezzò il cuore per Remy.

"Cosa è stato crescere con quel pensiero? Dev'essere stata una tortura."

Lo sguardo di Remy si allontanò dal mio. Per la prima volta, vidi il suo vero io, quello che si proteggeva per autodifesa e lo odiava. Il suo fascino era svanito. Le sue difese erano a terra. Era solo lui, l'uomo che avevo scorto dal momento in cui avevo compiuto quattordici anni.

"Non è divertente," ammise, mostrando il peso che portava sulle spalle.

"Mi dispiace," dissi, protendendomi attraverso il tavolo e chiedendogli la mano.

Guardando le mie mani, non pensavo che avrebbe accettato. Ma, con riluttanza, lo fece. E per un momento, rimasi con l'uomo che sapevo essere sempre stato sepolto dentro di lui. Era una versione di Remy che amavo.

Lui rimase in silenzio per un po' prima che l'assistente di volo ci offrisse da bere, rompendo l'atmosfera. Ciò andava abbastanza bene perché permise al nostro discorso di riprendere. Quando riprendemmo a parlare, Remy mi parlò dei suoi hobby e dei suoi programmi TV preferiti. Parlammo persino del nostro stile preferito di intimo. Il suo era un boxer aderente. Uhm! Il mio era un bikini.

"Bene," disse con un tono suggestivo che mi fece arrossire. "Dovresti indossarlo per me. Forse potresti convincermi a cambiare modello."

"Forse lo farò," dissi, sentendo l'alcool e desiderando le sue grandi mani su di me.

Quando l'aereo iniziò a scendere, fuori era ormai buio. Quanto tempo era passato?

"Dove siamo?" chiesi, vedendo le luci della città sotto di noi. Analizzando il paesaggio, capii immediatamente. "Parigi! Siamo a Parigi!"

"Siamo a Parigi?" Remy chiese con innocenza.

"È la Torre Eiffel!" esclamai.

"Sei sicura che non sia Las Vegas?" chiese, scherzando con il mio cuore.

Mi girai rapidamente verso il finestrino e mentre lo facevo, l'aereo girò, offrendomi una vista migliore.

"Ecco l'Arco di Trionfo… e il Louvre," dissi, girandomi di scatto per guardarlo con entusiasmo.

"Allora, suppongo che siamo a Parigi," disse con nonchalance.

Lo guardai come una bambino il giorno di Natale. Ero senza parole. Lui rimase lì, compiaciuto di se stesso. Non riuscivo a decidere se volevo schiaffeggiarlo o strappargli i vestiti e cavalcarlo selvaggiamente.

All'atterraggio, un'auto ci aspettava all'aeroporto. Durante il tragitto verso non sapevo dove, non riuscivo a smettere di ammirare tutti i luoghi che passavano veloci.

"Che ore sono?" chiesi, notando le strade vuote.

Remy guardò l'orologio.

"Sono le 5:30 del mattino."

Mi girai di nuovo verso il finestrino. Ancora non potevo credere a quello che stavo vedendo. Non era la mia prima volta fuori dal paese. Ero andata alle Bahamas con Hil e la sua famiglia qualche anno prima. Ma poiché era una meta così vicina, non mi sembrava di essere all'estero. Questa volta sì. Ero praticamente fuori di me dalla meraviglia.

Quando arrivammo presso un incredibile edificio di pietra e imboccammo un parcheggio sotterraneo, il sole stava cominciando a sorgere. Prendendo un ascensore fino a un appartamento dai soffitti altissimi, finestre grandi come pareti e un balcone alberato che poteva ospitare venti persone, entrammo.

"Eccola!" esclamò Remy, attirando la mia attenzione sulla barretta di cioccolato sul tavolino. Il tavolo era tra i due segmenti di chaise longue più grandi che avessi mai visto.

Aggirandolo, Remy mi mostrò la confezione rossa.

"Si chiama Côte d'Or. Ne vuoi un pezzo?" chiese con un sorrisetto malizioso.

"Voglio dire, abbiamo fatto tutto questo viaggio," dissi sorridendo.

Remy la scartò e spezzò un pezzo di cioccolato.

"Chiudi gli occhi," disse avvicinandosi a me.

Lo feci.

"Adesso apri la bocca. Voglio solo che ti concentri sull'odore e sul sapore. Nient'altro."

Mentre lo sollevava alle mie labbra, l'ultima cosa su cui mi concentrai fu il cioccolato. Invece, mi persi nel caldo respiro di Remy sulla mia pelle, e nel profumo del suo leggero dopobarba che riempiva le mie narici. L'anticipazione che creava mi rendeva selvaggia.

Quando il cioccolato toccò la mia lingua, la sua morbidezza ricca e vellutata si sciolse. L'esplosione di sapori danzò nella mia bocca con un equilibrio perfetto di dolce e amaro. Fu una sinfonia di sensazioni.

"Cavoli," sussurrai, con gli occhi ancora chiusi.

"Ti piace?" Remy chiese dolcemente.

"È favoloso."

"Puoi aprire gli occhi."

Appena lo feci, trovai Remy che mi guardava bruciando di desiderio. L'intensità del suo sguardo mi fece venire i brividi. Non potei fare altro che rimanere a guardarlo.

"Possiamo tornare ora, se preferisci."

"A New York?" chiesi divertita.

"Se vuoi."

"Voglio dire, siamo qui. Sarebbe un peccato non vedere un po' Parigi."

"Sarebbe un piacere mostrartela," disse con un tono di voce che mi scosse fino al midollo.

"Mi piacerebbe," gli dissi, incapace di resistere a qualsiasi sua richiesta.

"Ti mostrerò la tua stanza. Dovresti riposarti. C'è molto da vedere."

Passando da una porta nel mezzo del corridoio, entrai in una camera da letto elegante con finestre dal pavimento al soffitto e una luce soffusa che diffondeva un caldo bagliore in tutta la stanza.

"E tu dove starai?" chiesi, sperando che dicesse qui.

"La mia stanza è in fondo al corridoio," disse, lasciandomi senza fiato. "Troverai un cambio di vestiti nell'armadio. Dovresti avere tutto ciò di cui hai bisogno."

"E se avessi bisogno di te?" chiesi, fissando i suoi occhi seducenti.

"Sai dove trovarmi," disse, facendomi sciogliere mentre se ne andava.

Ero pronta a esplodere guardandolo andarsene. Non avevo mai voluto nessuno così tanto. Una parte di me voleva inseguirlo lungo il corridoio e cavalcarlo come una pazza. Avrebbe cercato di fermarmi? Avrei saputo fermarmi?

Fortunatamente non dovetti scoprirlo. Sparito nella sua stanza, chiuse la porta. Fu abbastanza per spezzare il legame che aveva su di me. Quando fu andato, mi ritirai nella mia stanza.

"Come sono arrivata qui?" Mi chiesi, con il cuore che batteva a mille.

Guardandomi attorno nella stanza per ricompormi, non potei fare a meno di notare il lusso: il tappeto, i mobili robusti, e la vista sul balcone chiuso. Il mio respiro si fermò mentre assimilavo tutto.

Avvicinandomi all'armadio, aprii lentamente le porte. Non appena lo feci, fui avvolta dal profumo del cedro, un profumo che mi penetrò nei sensi. Chiudendo gli occhi e perdendomi, mi rilassai.

Riaprendo gli occhi con più calma, guardai i vestiti davanti a me. C'era qualcosa per ogni occasione. Passando le dita su di essi, tutto sembrava caro. La lana dei completi, la seta delle camicie, persino i pantaloni casual sembravano inaspettatamente morbidi. E non solo, tutto era della mia taglia.

Girando dall'armadio al letto, rimasi altrettanto impressionato. Non solo era così grande che avrei dovuto arrampicarmi, ma le lenzuola fluttuavano sopra il materasso come se avvolgessero un marshmallow. Sembrava incredibilmente confortevole. E, incapace di resistere, mi ci lanciai sopra, sentendo il fruscio del vento solleticarmi le orecchie mentre il piumone si adagiava attorno a me.

Non pensavo fosse possibile addormentarsi con tutta l'eccitazione che mi attraversava, ma immagino di essermi sbagliata. Mentre i miei muscoli si rilasciavano e la mia mente si lasciava andare, la stanchezza dell'inaugurazione, del viaggio in aereo e del fuso orario presero il sopravvento. Mentre le mie palpebre si facevano pesanti, non lottai. Ero arrivata nel posto in cui avevo sempre sognato di essere. E con il cuore che si riempiva, lasciai andare i miei pensieri e cedetti al sonno.

Quando mi svegliai, la prima cosa che ho provai fu una fitta di panico. Quanto tempo era passato? Saltando fuori dal letto in preda all'agitazione, uscii dalla mia stanza dirigendomi verso quella di Remy. Sentendo un cucchiaio in una tazza di caffè, cambiai direzione.

Rientrando nel soggiorno, trovai Remy seduto sul divano vicino al balcone, assorto nella lettura di un libro. Alzando lo sguardo e vedendomi, mi guardò con preoccupazione.

"Dillon, cos'è che non va?" chiese pronto a precipitarsi da me.

"Mi sa che ho dormito tutto il giorno", dissi in preda all'angoscia. "Mi sono persa tutto!"

Remy mi sorrise con un calore negli occhi che fece sciogliere la mia ansia.

"Rilassati, Dillon. A Parigi nulla di importante succede prima di mezzogiorno", mi disse, calmandomi il cuore. "Abbiamo ancora tutta la giornata davanti a noi."

Esalai un respiro tremante sentendo un leggero imbarazzo per la mia reazione eccessiva. Remy rise.

"Non ridere. Ero preoccupata," gli dissi sinceramente.

"Lo so che lo eri. Questo è ciò che mi diverte," disse Remy con un sorriso malizioso.

Sbuffai al suo scherzo e in risposta, lui allargò le braccia.

"Ehi! Vieni qui," mi disse chiamandomi a sé.

Forse ero ancora assonnata. O forse stava accadendo qualcos'altro. Ma in entrambi i casi, vedendo le sue braccia aperte, mi ci sono accoccolai avvinghiandomi a lui, mi stringeva. Avrei potuto rimanere lì per sempre.

"Due domande," dissi quando l'eccitazione di essere a Parigi tornò a farsi sentire.

"Quali?"

"Uno, tu leggi? Due, da quando leggi?"

Guardai Remy che mi sorrise. Girando la copertina rigida tra le mani, disse, "Sì, leggo, e ho sempre letto. Il mio sonnellino è stato più breve del tuo, così ho deciso di prendere un caffè e vedere se riuscivo ad andare avanti con la mia lista di letture in francese."

Guardai Remy.

"Cosa mi sono persa?"

"Non hai visto molte cose che faccio. Per esempio, sapevi che faccio anche la doccia?"

"Quello l'ho visto," dissi con nonchalance.

"Cosa? Quando mi avresti visto fare la doccia?"

"La disinvoltura della tua famiglia nel lasciare aperte le porte del bagno è incredibile", e gli ricordai tutte le volte in cui avevo sorpreso lui o Hil.

Remy rispose con una risata. "Immagino di sì. Siamo francesi, del resto."

"Voglio dire, più o meno. Non so se possa considerarti francese se sei cresciuto in America. Da come la vedo io, sei americano quanto me. E gli americani chiudono la porta del bagno."

Remy rise. "Dovrò ricordarmelo."

"Ho detto che lo fanno. Non ho detto che tu dovresti farlo," precisai con un tono di voce deduttivo.

"E perché non dovrei?"

"Non so. E se ci fosse un'emergenza o qualcosa del genere?" spiegai.

"Un'emergenza? Del tipo?"

"Tipo se qualcuno ha bisogno di vederti sotto la doccia. Come farebbe se la porta è chiusa?" chiesi mentre un calore mi invadeva.

"Immagino che dovrebbe chiedere. Tutto ciò che dovrebbe fare è chiedere," disse fissandomi negli occhi.

Io deglutii chiedendomi se sarebbe stato quello il momento. Era difficile non pensare al nostro bacio ogni momento da quando era successo. Ma l'inaugurazione mi aveva distratta. Dopo di che, ero stata portata via su un jet privato per Parigi. Ora, tutto ciò era alle mie spalle. Davanti a me c'era Remy con i suoi occhi scintillanti e le sue labbra rosa morbide.

"Dovremmo mangiare qualcosa," dissi chiamando in causa tutta la mia autodisciplina.

Per quanto lo desiderassi, e lo desideravo tanto, non potevo dimenticare che non era mio. Che lo volesse o no, era fidanzato e non volevo essere quel tipo persona.

"Hai fame?" Remy chiese allentando la sua stretta su di me.

"Sì,",dissi sentendolo allontanarsi e chiedendomi subito se fosse stato un errore non baciarlo.

"Conosco il posto perfetto," disse facendomi segno di alzarmi. "Vuoi fare una doccia prima?" Chiese con un sorriso malizioso.

"Dovrei", gli dissi alzandomi.

"E quella porta del bagno resterà aperta," disse.

Fingendo di chiudere a chiave una porta, mi voltai e me ne andai. Non avevo la minima idea di perché l'avessi fatto. Sì, pensavo sarebbe stato divertente visto quello che avevo detto sugli americani. Ma l'ultima cosa che volevo era che lui pensasse di non essere il benvenuto nella mia doccia.

O forse lo sarebbe stato? Mi chiesi, ritirandomi nella mia stanza e entrando nel bagno privato annesso. Spogliandomi, mi fissai nello specchio ovale molto ampio che si incurvava su entrambi i lati. Guardai il mio corpo nudo. Passandomi la mano sul seno, immaginai come sarebbero state le grandi mani di Remy sulla mia pelle abbronzata.

Questo mi fece rabbrividire. Prendendo i miei seni, li strinsi immaginando fosse Remy a farlo. La mia testa cadde all'indietro di piacere.

Con gli occhi chiusi potevo immaginare Remy che si piegava per baciarmi le labbra. Era gentile ma assertivo. E quando aprii la bocca, la sua lingua entrò.

In piedi, dietro di me, nudo, potevo percepire il suo grosso sesso. Sarebbe stato anche più grande di quello che avevo visto quando lo avevo sorpreso da bambina. E sondando la mia apertura, sarebbe scivolato dentro come se fossi fatta per lui.

Strofinandomi il clitoride, immaginai Remy che lo facesse mentre mi possedeva. Gemetti dal piacere. Era così grande. Tutto di lui mi faceva sentire piccola.

Sollevandomi in aria, le mie gambe si sarebbero avvolte attorno alle sue. E perdendomi nel ritmo delle sue spinte, mi avrebbe posseduto sempre più intensamente fino a quando non sarei esplosa.

"Ah!" gemetti, sentendo l'eco nella grande stanza spoglia.

Riprendendo fiato, mi appoggiai per sostenermi sul lavandino. La mia mente era in fermento. Desideravo disperatamente rifugiarmi tra le sue braccia. Ma quando la realtà tornò a inondare i miei sensi, ripresi coscienza.

Aprendo gli occhi, la prima cosa che vidi fu il mio riflesso nello specchio. La ragazza piena di desiderio che mi guardava mi intristì. Per troppo tempo, nessuno l'aveva amata. Aveva avuto avventure con ragazzi all'università, ma non era mai stata nulla più di un corpo caldo per loro.

C'erano solo due persone che avevano dichiarato di volerle più bene. Oltre a Hil e la madre, nessuno lo faceva. Avrei potuto perdermi per le strade di Parigi e sparire, e solo due persone mi avrebbero cercata.

Velocemente mi pulii e mi diressi verso la vasca con la doccia a mano annessa. Mentre l'acqua bagnava i miei spessi ricci fino al cuoio capelluto, ripensavo a quello che avevo appena pensato.

Avrei potuto sparire e non tornare mai più? Probabilmente avrebbe avuto un senso fino al giorno prima, ma avevo appena aperto il centro comunitario. Era ancora vero?

Mentre l'acqua calda mi copriva il corpo, pensavo a cosa sarebbe successo se fossi sparita e non fossi più tornata al centro. Sì, avevo predisposto tutto per farlo funzionare senza di me, ma avevo comunque delle responsabilità. Le persone contavano su di me. Importava se fossi tornata o meno.

Mi feci scorrere quel pensiero nella mente. Era un nuovo modo di vedere me stessa. Per un tempo indefinito, a nessuno importava di me. Nemmeno mio padre si preoccupava se vivessi o no. Ma adesso non era più così. Ero necessaria… e quella sensazione era piacevole.

Remy mi aveva dato tutto questo. Il lavoro, i vestiti, l'appartamento di lusso, nulla poteva paragonarsi a questo dono. E probabilmente lui non sapeva nemmeno quello che aveva fatto.

Terminata la doccia, mi asciugai e mi vestii. Tornai in salotto, proprio in tempo per vederlo uscire dalla sua camera. Come mai c'era qualcosa in lui che lo rendeva ancora più affascinante? Era sempre stato bellissimo, ma ora, l'unica cosa che potevo fare era mordermi il labbro e sperare non notasse quanto fossi arrossita.

"Sembri rinfrescata," disse, guardandomi divertito. "Come è stata la doccia? Buona?"

"Sì," risposi, facendo fatica a parlare.

"Bene! Come avrai indovinato, la mia porta era aperta, sai, in caso di emergenza. Immagino non sia successo nulla."

Risi come una bambina di dieci anni. Lui se ne accorse e rispose con una risata fragorosa. Dovevo reagire. Potevo essere un'idiota, ma non dovevo comportarmi come tale.

"Voglio dire, la casa non stava bruciando, quindi…" dissi, tentando di recuperare la mia dignità, senza riuscirci.

"Dovrei incendiare la casa per fare in modo che tu entri? Bene, ricordami di comprare dei fiammiferi dopo."

Risi in risposta. Okay, ora stava cercando di farmi ridere apposta. Trovava un piacere morboso nell'umiliarmi? Era davvero uno stronzo, un affascinante, irresistibile stronzo.

"Ho fame," dissi, cambiando argomento, con l'unico argomento che riuscii a farmi venire in mente.

"Esatto! E ancora una volta, conosco il posto perfetto," mi disse con un sorriso.

Come ho detto, quell'uomo era uno stronzo. Perché il posto che scelse era un caffè che si affacciava sul fiume. Seduti all'aperto, condividemmo del French toast e un cestino di croissant, mentre sorseggiavamo i nostri caffè. Sembrava un film. E ad ogni secondo che passava, mi innamoravo ancora di più di lui.

Uscendo dal caffè, Remy mi guidò verso i famosi Champs-Élysées, insistendo per fare un po' di shopping. Pensavo intendesse per lui, fino a quando non entrammo nel negozio più lussuoso che avessi mai visto e disse:

"Cerchiamo qualcosa di audace per te. Ti vesti sempre in modo così sobrio. Hai bisogno di qualcosa che catturi l'attenzione di tutti. Devono vederti come ti vedo io," disse, guidandomi in un negozio di lusso in Avenue Montaigne che faceva piangere il mio portafoglio.

"Questo," disse, scegliendo un tailleur da un espositore.

"Niente camicia?" chiesi, guardandomi intorno tra la selezione di capi.

"Con un corpo come il tuo?" disse con un sorriso. "Sarebbe uno spreco. Vai," disse, spingendomi via.

Provando quel completo e altri, e poi sfilando per lui, mi sentivo come una bambola. Ogni volta che lui faceva scorrere la mano lungo le cuciture per controllare le misure, il mio cuore batteva all'impazzata. Doveva sapere che cosa stava provocando in me, no?

Stare lì senza poterlo toccare a mia volta era una tortura. E il modo in cui mi guardava quando trovava un abito che gli piaceva, mi faceva immaginare lui che mi spingeva nel camerino, mi spogliava e faceva di me quel che voleva.

"Forse questi occhiali, per mettere in risalto il tuo lato intellettuale," suggerì, mentre si avvicinava e mi sistemava un paio di occhiali da sole leggermente tinti sul viso. Il suo profumo mi avvolgeva. Sentire il suo respiro sulla guancia mi faceva vacillare le ginocchia.

"O questo vestito per esaltare le tue belle curve," continuò, abbracciando i miei fianchi con le sue grandi e forti mani.

Fissando lo specchio, il suo sguardo strafottente mi colpiva. Sì, sapeva esattamente cosa stava provocando in me. Bene, fanculo a lui, non avrei ceduto. Avrei resistito a tutto. Avrei creato un muro tra noi due alto cinquanta metri. Non gli avrei permesso di entrare.

Ma, ad ogni momento che passavamo insieme, la mia determinazione vacillava. Ad ogni tocco, staccarmi da Remy diventava insopportabile. Stavo entrando in un territorio pericoloso, e non potevo fermarmi. Così, quando lasciammo i negozi con il sole che proiettava belle strisce di giallo e arancione sulle strade di Parigi, infilai le mie dita tra le sue.

Fu sufficiente per placare le grida lancinanti nella mia mente. Per quel breve momento, lui fu mio. Era tutto ciò che mi ero concessa con l'uomo al mio fianco. E per il momento, era giusto e bastava.

"Questo è uno dei miei posti preferiti," disse Remy mentre ci avvicinavamo a un ristorante informale, ma pieno di gente, per cena.

"Cosa lo rende il tuo preferito?" chiesi, desiderosa di sapere tutto di lui.

"Non lo so. Non è pretenzioso."

Risi. "Pensavo ti piacessero i posti pretenziosi."

"Io? Stai scherzando? Tutto quello che mi serve è una bottiglia di Château Pétrus Pomerol e un po' di Époisses de Bourgogne su un cracker e non potrei essere più felice." Remy si fermò. "Ok, lo so. Ma lo nego comunque."

"Ah, il povero piccolo riccone non vuole riconoscere i suoi privilegi," lo stuzzicai.

Questo lo turbò. "Ti ho portato qui per la Zuppa di cipolle. Cosa c'è di meno pretenzioso di questo?"

"Della zuppa di cipolle?" chiesi, sorpresa. "Forse qualsiasi cosa?"

"Ma siamo in Francia. Qui si chiama solo 'zuppa di cipolle'."

Lo guardai e scossi la testa. Era così ignaro che era adorabile. E mentre mangiavo quella che doveva essere la zuppa più incredibile della mia vita, mi divertivo a guardare il grande bambinone seduto di fronte a me fare il broncio.

Continuava a fare il muso mentre lasciavamo il ristorante e ci dirigevamo verso il dolce.

"Stai bene?" chiesi, prendendo di nuovo la sua mano.

"Hai visto quanto formaggio ho aggiunto alla zuppa? Non sono affatto pretenzioso. Non potrei essere più spartano di così."

"Remy, hai chiesto un contorno di Gruyère," sottolineai.

"E allora? Quello è il formaggio che mettono nella zuppa di cipolle."

Risi. "Remy, sei pretenzioso. Accettalo. Perché ti infastidisce?"

"Perché non voglio che ci sia una distanza tra noi."

"Una distanza? Cosa intendi?"

"Non voglio che ci sia una parte della mia vita in cui tu non ti senta a tuo agio," disse, avvolgendo il mio braccio attorno al suo.

"Magari va bene se non siamo esattamente uguali. Forse le nostre differenze sono ciò di cui l'altro ha bisogno. E essendo noi stessi l'una con l'altro, raggiungeremo un posto che non avremmo potuto raggiungere da soli," dissi con vulnerabilità.

"Allora, stai dicendo che c'è un 'noi'?" rispose Remy, sicuro di sé.

"Non hai ascoltato nient'altro di quello che ho appena detto?"

"No! Ma ho confermato che c'è un 'noi'. Hai detto qualcosa dopo?" domandò, compiaciuto.

Alzai gli occhi e scossi la testa. "Uomini!"

"Non li ami?" scherzò Remy.

"A malapena!" risposi facendo una smorfia.

Ordinando un assortimento di dolci, passeggiammo tra le luci della strada, trovando la nostra strada di ritorno verso la Senna. Camminando sui sanpietrini, accanto al fiume, mentre il rumore della città sfumava in lontananza, ci perdemmo nell'assaggiare dolci. Ognuno era migliore del precedente. E quando fu tutto finito, eravamo entrambi pieni e silenziosi.

"Non avrei potuto immaginare una giornata migliore," gli dissi, mentre le luci della strada tremolavano sull'acqua increspata.

"Questa potrebbe essere la mia giornata preferita di sempre," ammise Remy, senza guardarmi mentre parlava.

"Cosa c'è che non va?" gli chiesi, stringendo il suo braccio contro di me.

"Dovremmo tornare indietro. Ci sono cose che voglio mostrarti domani mattina e non abbiamo dormito molto."

"Non sono sicura che il sonno sia nel mio futuro a breve. Sei sicuro di non voler fermarti in un bar per un assaggio di vino francese?" chiesi, cercando di allungare il più possibile il piacere di quella giornata.

Si voltò a guardarmi. I suoi occhi si fecero tristi. Non capivo. Dov'era il seduttore instancabile che mi aveva fatto impazzire tutto il giorno?

"No. Dovremmo fare nottata. Ma, domani," disse con malinconia.

"Certo," risposi, nascondendo la mia delusione.

Stava succedendo di nuovo? Mi aveva fatto innamorare di lui e ora stava togliendo il tappeto da sotto i miei piedi?

No. Non avrei dovuto fare queste congetture. C'era molto più in Remy che un semplice sfaccendato. Nei mesi passati aveva fatto più di quanto potessi immaginare. Se il suo umore era cambiato, se aveva deciso di non volermi più, ci doveva essere un motivo. Non avrei dovuto lasciarmi ferire. Ma non potevo più dubitare del fatto che si preoccupasse per me. Dovevo permettergli di essere se stesso.

"Non sei arrabbiata, vero?" mi chiese Remy, svelando quanto ero pessima a nascondere i miei sentimenti.

"Remy, anche se lo fossi aspetta un minuto, passerà."

"I tuoi sentimenti e il tempo, eh?"

Gli sorrisi dolcemente, ammettendo che aveva ragione.

Così, Remy mi avvolse con un braccio, tirandomi forte a sé. Una bella consolazione. Tornando nel suo appartamento elegante, tenne il mio viso tra le mani e mi guardò con un'aria di desiderio.

Un calore mi invase il corpo. Non riuscivo a capire se proveniva da lui o da me. In ogni caso, compresi che mi voleva tanto quanto io volevo lui. Allora perché non si avvicinava? Perché non mi baciava?

"Buonanotte," mi disse, sfiorandomi la fronte con le labbra.

"Buonanotte," ripetei, cercando di forzare un sorriso prima che mi lasciasse andare e scomparisse nella sua stanza.

Stetti in silenzio ad ascoltare. Aveva chiuso a chiave la porta? Non sembrava. Era un invito? Non credevo.

Delusa, andai nella mia stanza, mi spogliai e andai a letto. Sognai Remy. Nel sogno, provava la maniglia della mia porta. Trovandola aperta, entrava e mi trovava nuda e addormentata.

Non riuscendo a resistere a quello che vedeva, si metteva sopra di me e prendeva il mio corpo. Guardandolo fare, come se il mio corpo fosse di un'altra, lo desideravo. E le grida che emettevamo mentre lui mi dominava, mi facevano impazzire.

Svegliandomi da sola nel mio letto, il mio cuore batteva all'impazzata. Girandomi per sfuggire alla luce del mattino, scoprii che le lenzuola erano bagnate. Mio dio, mi sembrava di essere tornata a quando avevo quattordici anni e sognavo l'unico ragazzo che avevo mai desiderato.

Remy era sempre stato l'unico ragazzo che avessi mai voluto. Desideravo davvero quell'uomo.

Fu allora che capii qualcosa. Che mi prendesse o no, non sarei mai stata in grado di smettere di provare quello che provavo per lui. Dovevo accettarlo.

E così feci, perdonai mia madre. Ero cresciuta risentendomi per il fatto che stesse con mio padre, un uomo sposato. Ma la capivo. La sua decisione non era né buona né giusta, ma finalmente capivo perché l'avesse presa.

Sdraiata a letto pensando a cosa avrei dovuto fare, fissavo il complesso intarsio sul soffitto. Mi perdevo in esso. Quando tornai in me, bramavo solo di condividere il mio letto con Remy. Immaginavo noi due che guardavamo in alto verso il soffitto insieme. La mia gola si serrava al pensiero.

Questo mi fece troppo male. Dovevo alzarmi. Scendendo dal letto, mi fermai davanti alla porta scorrevole che conduceva al balcone, lasciando che la luce del mattino toccasse la mia pelle nuda.

Guardando fuori, ammirai il terrazzo di legno circondato da morbidi divani da esterno. Avrei voluto uscire e stendermi nuda al sole. L'avrei fatto se solo il balcone fosse stato protetto da una fila di alberi.

D'altra parte, i francesi non sono meno pudici degli americani? Se qualcuno fosse uscito sul balcone e mi avesse vista crogiolarmi nuda, avrebbe avuto qualcosa da ridire?

Decidendo che era meglio non scoprirlo, mi diressi invece verso l'armadio. Aprendolo, fui sorpresa di trovare i vestiti che avevo provato il giorno prima aggiunti alla selezione. Remy li aveva comprati e li aveva fatti portare lì?

Scegliendo quello a cui Remy era piaciuto di più, mi vestii ed andai nel soggiorno, eccitata di vedere la sua reazione.

"Buongiorno," mi disse sorridendo, mentre i suoi occhi mi perforavano.

"Buongiorno," risposi, compiaciuta dalla sua reazione.

"Hai dormito bene?"

Ricordando il mio sogno, arrossii. "Credo di sì," risposi, ponderandolo sul senso di quiete che aveva creato. "E tu?"

"Un po' e un po'," ammise.

"Come mai?"

"Ho pensato a te tutta la notte," disse, tornando ai suoi modi da seduttore.

Lo fissai. "Sai, se continui a parlare in questo modo, devi essere pronto ad andare oltre, signore," dissi, avvicinando il mio corpo al suo di pochi centimetri.

Mi aspettavo che mi baciasse. Almeno, speravo lo facesse. Ma invece, smise di essere affascinante e disse serenamente, "Ho capito."

Ero delusa. Significava che le sue avance erano sempre state solo recitazione?

"Credo di aver programmato una bella giornata," disse, allontanandosi con nonchalance. Il mio cuore si strinse nel vederlo andare via.

"Oh sì? Vuoi condividere?"

"Sei il tipo a cui piace sapere come finirà una storia o ti piacciono le sorprese?"

Ci pensai. Era una buona domanda. Se sapevo che tra noi due non sarebbe mai successo niente, avrei voluto saperlo?

"Sorprendimi," gli dissi, forzando un sorriso.

"Va bene," disse, sorridendo debolmente in risposta.

Raccogliendo le nostre cose, ci dirigemmo verso un ristorante. Facemmo colazione a base di salmone e uovo fritto su una ciambella. Wow!

Da lì andammo a un museo chiamato Orsay. Conteneva dipinti di artisti di cui avevo sentito parlare da sempre: Van Gogh, Monet, e Gauguin erano solo alcuni. Ma in quel momento, c'erano i loro dipinti di fronte a noi. E facemmo dei selfie con loro, facendo facce buffe.

Da lì abbiamo percorremmo la mostra itinerante del museo. Esponeva il quadro "L'urlo" che sono abbastanza sicura sia stato menzionato su 'Sesame Street'. Mi faceva male il cervello pensare di trovarmi davanti proprio a quell'opera.

Per quanto tutto fosse avvincente, al momento di lasciare il museo, si era fatto tardi. Un giorno intero era volato via. Inizialmente, mi ero sentita eccessivamente vestita e imbarazzato tra i turisti. Ma mi ero poi persa velocemente tra le opere d'arte. C'era molta più bellezza nel mondo di quanto avessi mai considerato.

"Grazie per avermelo mostrato," dissi a Remy mentre uscivamo oltre l'enorme orologio e una parete di finestre a cinque piani che ricordava la Grand Central Station.

"Ero sicuro che ti sarebbe piaciuto," rispose con un sorriso.

"Considerando che era piuttosto pretenzioso, suppongo che sia uno dei tuoi posti preferiti," lo stuzzicai.

Remy arrossì. "Infatti lo è."

Sorrisi. "Ora è anche uno dei miei."

Remy mi guardò, commosso. Fu allora che prese la mia mano. Non aveva mai fatto una cosa del genere prima. Io presi la sua, e lui mi baciò, ma non aveva mai fatto qualcosa di così intimo. Mi piaceva. Ne volevo di più.

"Dove andiamo ora?" dissi, sperando che quella giornata non finisse mai.

"Sorpresa," disse, apparve compiaciuto.

Quando arrivammo, dovetti ammettere che il suo atteggiamento spavaldo era appropriato. Perché lì davanti a noi c'era il simbolo più iconico della Francia: la Torre Eiffel. Rimasi sbalordita.

Era esattamente come nelle foto. E con il sole al tramonto, le luci la facevano brillare.

Fissandola, una lacrima scese sulla mia guancia. Non sapevo perché stavo piangendo, ma lo stavo facendo. Tutto era semplicemente perfetto. Senza staccare gli occhi dal monumento, appoggiai la testa sulla spalla di Remy.

"Grazie," sussurrai, incapace di dire altro.

"Prego," rispose, tirandomi tra le sue braccia.

Non ce la facevo più, dovevo baciarlo. Avevo bisogno di essere più vicino a lui. Così, con il cuore che batteva e il pugno che si stringeva, stavo per tirarlo giù verso di me quando…

"Cosa è successo? Cosa sta succedendo?" dissi mentre la Torre Eiffel iniziava a sfavillare.

"È per noi," rispose.

"Cosa?"

"Ho detto loro di avvisarmi quando il nostro tavolo era pronto. Ecco là," disse, indicando verso la torre.

"No, non ci credo," dissi.

"Ecco qua," rispose, indicando di nuovo. "Il nostro tavolo è pronto."

"Il nostro tavolo dove?"

Sorrise.

Salire con l'ascensore al ristorante all'interno della Torre Eiffel era incredibile di per sé. Ma la vista dal ristorante era mozzafiato.

Seduti accanto alla finestra, Parigi brillava sotto di noi. Riuscivo a malapena a distogliere lo sguardo, e quando lo facevo, era per guardare il volto sorridente di Remy.

"La prima volta che sono venuto qui ero un bambino con la mia famiglia," disse attirando la mia attenzione. "Non sapevo apprezzarlo. Devo ammettere, vivendolo ora attraverso i tuoi occhi, sto iniziando a comprendere quanto mi sia perso. Sto iniziando a capire che il privilegio ha i suoi svantaggi."

Volevo contraddirlo ma non potevo. Come era possibile dare per scontata una vista come quella? Quando la tua vita è così incredibile che non riesci ad apprezzare queste cose, che spazio c'è per la meraviglia?

Per la prima volta dopo aver incontrato l'affascinante uomo di fronte a me, provai pena per lui. Non in senso negativa, era più come una simpatia.

Non era un dio, nonostante assomigliasse alle sculture del museo. Era solo un uomo pieno di speranze, sogni e paure. Forse anche gli dei lo erano. Forse, tutti noi lo siamo, indipendentemente da quanto potere o denaro abbiamo.

Mi sporsi sul tavolo cercando la mano di Remy. Me la diede. Lo amavo per questo. Non la lasciai andare fino a quando il cameriere portò il nostro pasto di ben quattro portate.

"È stato incredibile," gli dissi, più felice di quanto fossi mai stata.

"Sono contento ti sia piaciuto. È tradizione concludere con un vino da dessert. Ti va?"

Considerai la proposta. "Sì. Ne ho visto sullo scaffale dei vini a casa tua?"

"Occhio attento."

"Non proprio. Ho soltanto tirato a indovinare," ammisi.

Remy rise. "Ottima supposizione. Vorresti tornare e provarne un po'?"

"Penso che mi piacerebbe," gli dissi, non volendo mai perderlo di vista.

"Allora dovremmo andare," disse, le guance illuminate.

Uscendo dal ristorante ed entrando nell'ascensore, prese la mia mano. Un'onda di calore mi attraversò. Mi sentivo elettrica. Vestita come ero, non c'era modo di nascondere quello che lui provocava in me. Il mio collo e il petto scoperti brillavano invocando le sue carezze. Il mio cuore palpitante implorava i suoi baci.

Quando la fresca brezza del calar della notte solleticò la mia pelle calda, rabbrividii. Non riuscivo a pensare. Il mio cervello smise di funzionare. L'unica cosa che potevo fare era seguire i suoi ordini e stavo per farlo. Sapevo che non avrei potuto resistere più a lungo a lui.

Con il cuore che correva mentre la porta del suo appartamento si chiudeva dietro di noi, non riuscivo a respirare. Quando si voltò mandandomi uno sguardo ardente, contraccambiai. Stavo per saltargli addosso.

"Vino?" chiese, dirigendosi verso la cucina.

"Sì," risposi, senza fiato.

Incapace di muovermi, lo osservavo. Si muoveva con disinvoltura. Prese una bottiglia e due bicchieri, poi mi condusse sul divano. Mi sedetti, in fiamme.

"A cosa brindiamo?" mi chiese, la sua voce era un basso brontolio che mi vibrava dentro.

Risi nervosamente. Era tutto quello che potevo fare. Remy rise in risposta.

Mi passò un bicchiere e lo riempì. Riempiendo anche il suo, disse, "Sai, Dillon, mi rendi sempre la vita difficile."

Mi fermai. "Perché?"

"Ho sempre conosciuto il mio destino. Ero il primogenito e un Lyon. Il mio futuro era deciso. Ma dal momento in cui ti ho conosciuta, ho voluto essere una brava persona. Ho voluto essere degno di te. E poi ho dovuto fare cose contrarie a quest'idea."

"Sei una brava persona," risposi con fatica.

"Non lo sono. E il problema è che lo so. Avrei potuto allontanarmi dall'attività di famiglia prima. Avrei potuto prendere decisioni migliori quando ho capito che mi facevi impazzire abbastanza da strappare le porte dai muri. E ora, sapendo cosa dovrebbe fare una brava persona, incendierei il mondo per averti. Io…"

Fu allora che lo baciai. Buttando il mio corpo su di lui, le nostre labbra si unirono. Con il mio gesto, Remy fu liberato.

Prendendo il controllo, sentii la sua forza sotto di me. Avvolgendo le braccia intorno a me, afferrò la mia nuca. Rovesciandomi e spingendo la mia schiena contro il divano, accostò i nostri corpi e mi aprì la bocca.

Mentre il suo calore mi avvolgeva, la sua lingua cercò la mia. Trovandola in fretta, l'invitò a danzare. La mia testa girava mentre le nostre lingue si intrecciavano l'una con l'altra. E quando l'altra sua mano afferrò il mio culo e strinse, emisi un gemito di piacere.

Lo volevo. Avevo bisogno di lui. Affondando le mie dita nella sua schiena, gli tirai su la camicia. Dovevo toglierla. E quando la alzai abbastanza da non poterlo ignorare, mi lasciò abbastanza tempo per rimuoverla.

Tirandola sopra la testa, mi liberò le labbra. Il suo corpo sparì solo per un attimo prima di ritornare, ma fu sufficiente. Potevo vedere il suo torace perfetto. Le onde dei suoi addominali rivaleggiavano con l'oceano. E i muscoli del suo petto avrebbero fatto sgretolare il marmo. Ero ubriaca del suo corpo.

Avvolgendo le mie gambe intorno al suo torso, riaccendendo il nostro bacio, mi sollevò. La mia pelle bruciava al tocco della sua. Mi strinsi disperatamente a lui e quella sensazione era tutto ciò che avevo sognato.

Quando il morbido piumino si alzò attorno a noi, mi rilassai sul materasso. Salendo su di me, si allontanò solo il tempo di togliermi la giacca. Mentre lo faceva, ammirava il mio corpo.

"Bella," disse guardandomi.

Il mio respiro si bloccò. Ero diventata dipendente dalle sue carezze. Torcendomi sotto di lui, tiravo il piumino sentendo il bisogno di stare di nuovo vicino a lui. Vide che mi dimenavo e sorrise.

"Dimmi che mi vuoi," chiese in tono autoritario.

Non riuscivo a parlare. Lo volevo. Lo volevo in ogni sua parte. Ma nulla uscì dalla mia bocca.

Il suo sguardo mi bruciava dentro aspettando fino a quando disse, "Che tu lo dica o no, lo scoprirò," dichiarò facendo sobbalzare il mio corpo.

Fu allora che lo fece. Prendendo possesso del mio corpo, posò le sue dita sul mio seno nudo. Il suo potere era immenso. Mi teneva inchiodata al materasso senza sforzo. Non avrei potuto scappare anche se avessi voluto.

Con i miei movimenti domati, scalò il suo tocco e tracciò un sentiero attraverso il mio petto. Massaggiò i miei avvallamenti. Gli piaceva quello che sentiva. Il suo piacere era la mia droga.

Non si fermò lì, la punta del suo membro mi toccò. Non riuscivo a respirare. Cosa stava per fare, stava per togliermi i vestiti? Si stava fermando?

Non fece né l'uno né l'altro. Senza permesso, continuò oltre. Sapendo dove stava andando, il mio corpo ebbe un fremito. Chiusi gli occhi sentendo ogni sensazione.

Non andò subito dritto al punto. Premendo il tessuto intorno, sentii la sua vicinanza. I miei muscoli si contrassero sentendo il bisogno che lui mi toccasse. Si rifiutò.

Tracciando il suo contorno, la mia mente implorava che mi prendesse. Quando finalmente lo fece, fu con aggressività. Era come se una diga si fosse rotta. Ne aveva abbastanza di giocare. Stava prendendo ciò che era suo.

Stringendo e premendo contro il mio corpo, mi fece gemere. Dovevo sentire la sua calda carne sul mio corpo. Così quando finalmente mi tolse i vestiti, mi distesi sul letto mostrandomi completamente a lui.

Quando le sue labbra si avvolsero attorno al mio clitoride, trovai il paradiso. Era ciò che avevo sognato per troppo tempo. La bocca di Remy Lyon mi stava leccando dappertutto.

Con le sue mani in ogni parte del corpo, la punta della sua lingua mi stimolava la vagina. Riuscivo a malapena a resistere. Straziando le lenzuola, i miei piedi si allungavano oltre il letto.

Abbassando la testa, affondò in me. Necessitando di più, lo fece di nuovo, muovendo le mani a ritmo frenetico. Sembrava che gli piacesse farlo tanto quanto piaceva a me. E quando arrivai vicina all'orgasmo, mi lasciò andare, finì di spogliarsi, e si sollevò sul mio corpo.

Con il retro delle mie cosce premute contro il suo petto, i miei fianchi si sollevarono. Chinandosi per baciarmi, mi aprì le labbra. La sua lingua non era l'unica cosa di lui che desiderava entrare in me, la sua punta cercava la mia apertura. Quando la trovò, si fermò.

Cosa stava facendo? Cosa aspettava? Inchiodata sotto di lui, non potevo muovermi. Ero alla sua mercé, struggendomi per lui.

Quindi quando appoggiò le mani ai miei fianchi e spinse emisi un gemito. Faceva male ma era bello. L'avevo visto nudo. Era grande. Ma quando si spinse dentro di me era davvero enorme.

Mi aspettavo che Remy fosse misericordioso, non lo fu: mi stava prendendo. Con il suo cazzo che mi stava strappando in due, conobbi il vero Remy, la parte di lui che aveva nascosto.

Questo Remy era dominante e implacabile. Avrei tentato di allontanami se avessi potuto, ma non me lo permise. Ero sua, e poteva fare ciò che voleva. Ero argilla nelle sue grandi, potenti mani e mi avrebbe rifatta a sua immagine.

Quando mi penetrò emisi un gemito. Sentivo ogni centimetro. Radicato dentro di me, la mia apertura si modellava intorno al bordo della sua mazza e ad ogni vena sporgente. La mia vagina non era più mia. Era sua. E ora che l'aveva, stava facendo ciò che mi aveva detto avrebbe fatto: mi stava scopando.

All'inizio lento, il suo ritmo aumentava. Nonostante la sua stazza, il suo inguine batteva ancora contro il mio ventre. Era dentro di me, ma essendomi riadattata intorno a lui, gli andavo a pennello.

Perdendomi mentre un formicolio saliva sulla mia coscia, i miei occhi balzarono all'indietro. Stavo venendo e quanto pare anche lui. Stavamo venendo insieme e non stavo nemmeno toccando il suo cazzo. Erano soltanto le sue spinte.

Respirando più affannosamente, il mio petto si contrasse e le mie viscere vibravano di piacere.

"Ah!" gemetti.

Non potevo trattenermi. C'era una scarica di elettricità che attraversava il mio corpo. Affondando le unghie nella sua schiena, lo graffiai. Si staccò da me. E quando i miei urli raggiunsero un crescendo, lo fece anche lui.

L'idrante che si liberava dentro di me rispecchiava ciò che ci provavamo entrambi. Non riuscivo a smettere di venire. Gli spasmi erano convulsi.

Esausto, il corpo di Remy crollò sul mio. La mia vagina continuava a pulsare. Era stata la più grande esperienza sessuale della mia vita e non volevo che finisse.

Ubriaca di piacere, avvolgevo le braccia attorno al mio uomo. Non volevo mai più allontanarmi da lui. E non lo avrei fatto. Non lo avrei permesso.

Lo amavo. Lo avevo sempre fatto. Ed era allora che sentii le parole che mi strapparono il cuore cambiando la direzione della mia vita.

Capitolo 11

Remy

Non potevo crederci. Ero disteso nudo sulla donna dei miei sogni con il mio cazzo ancora duro dentro di lei. Quante volte avevo fantasticato su questo? Ci sono state settimane, dopo averla conosciuta, in cui era la prima cosa a cui pensavo al risveglio e l'ultima cosa a cui pensavo prima di addormentarmi.

Per molto tempo, era stata il mio tutto. E ora, eccoci qui. L'avevo. Era mia. Non sapevo più come vivere senza di lei.

Ero pronto a scappare con lei. Ovunque lei volesse andare, l'avrei portata là. Ero più che felice di lasciarmi tutto alle spalle.

Che se ne andassero le mie responsabilità, le mie obbligazioni. Non c'era nulla che contasse più di lei. Con lei tra le braccia, la mia vita era ormai completa.

"Remy!" la sentii dire dalla porta dietro di me.

Nel momento in cui la sentii, il mio petto si contrasse. Il mio sogno era durato quanto il mio orgasmo.

"Che diavolo, Remy?" disse privandomi delle forze.

Raggiungendo rapidamente l'estremità di Dillon, l'oscurità mi accecò mentre mi voltavo e affrontavo nudo la realtà.

"Che diavolo ci fai qui?" dissi fissando la mia promessa sposa.

"Cosa sta succedendo qui? Cosa stai facendo? Ci stai dando dentro? Dopo tutte quelle volte in cui mi hai detto che tra voi due non c'era niente e che lei era solo la tua opera di beneficenza…"

Le sue parole furono come acqua su acciaio incandescente. Sul punto di esplodere, mi alzai di scatto sulle mie gambe. Puntandole il dito contro, pronto a strapparle la testa, ringhiai: "Non l'ho mai detto. Non l'ho mai chiamata la mia opera di beneficenza. Mai!"

"Va bene," disse indietreggiando, consapevole di aver fatto un errore. "La migliore amica di tua sorella, o quel che è."

"Non ho mai parlato di Dillon con te. Non oserai fingere che l'abbia fatto," dissi contento di fare tutto il necessario per rimettere le cose a posto.

"Va bene. Non mi hai parlato di lei. Ma questo non ti dà il permesso di scappare da qualche parte a fottartela."

Mi ritirai.

"Cioè guardati. Arrivo e ti trovo a scopare e hai il coraggio di dirmi qualcosa."

"Non ti devo nulla," dissi sconcertato dalla situazione.

"Mi devi tutto! Per quanto ti riguarda, la tua vita e la vita di tutti quelli a cui tieni sono nelle mie mani. Chi pensi che mio padre ucciderà per primo quando lo saprà, eh? Pensi che potrebbe essere la sciacquetta che ho trovato sul tuo cazzo?"

"Non la chiamare così!" dissi di nuovo, pronto a esplodere.

"O forse tua sorella? O tua madre? O credi che non sia capace di ingaggiare qualcuno e farvi fuori tutti? Conosci mio padre, di cosa non sarebbe capace?"

Per quanto la odiassi, sapevo che stava dicendo la verità. Suo padre era uno psicopatico. Lo sapevo perché, non importa quanto mio padre amasse la sua famiglia, lo era anche lui. Niente ostacolava la sua voglia di ottenere ciò che voleva e la sua vendetta era leggendaria.

"Eh già, è quello che pensavo," disse Eris quando seppe che mi aveva messo alle strette.

Ero disposto a sacrificare la mia vita per chiunque Eris avesse menzionato, soprattutto Dillon. Ma non ero disposto a rischiare un capello della sua testa per salvare la mia.

Per proteggere le persone che amo, la mia condanna doveva essere a vita. Lo odiavo, ma era così.

Non c'era via d'uscita da quella situazione senza che qualcuno morisse. E se ero io quello che doveva uccidere, avrei dovuto farlo a scapito di stare con Dillon.

Dillon pensava di sapere chi sono. Ma ciò che non sapeva… non poteva sapere, era che ero un Lyon. Ero un prodotto del sangue di mio padre. Ero capace di fare ciò che mio padre aveva fatto e di più. Ne ero sicuro.

Non mi ero mai permesso di arrivare fino a quel punto. Sognare un giorno di avere una vita con Dillon mi aveva trattenuto. Non volevo superare quel confine e diventare un uomo con cui lei non avrebbe mai potuto stare. E per liberarmi della mia condanna, avrei dovuto diventare proprio quello.

Con le porte sbarrate che mi si chiudevano addosso, sarei diventato quell'uomo adesso? Sarebbe stato molto semplice. Chi sapeva che Eris era lì? Se lei fosse uscita di scena, avrei avuto un vantaggio su suo padre. In poche ore, il suo impero avrebbe potuto essere mio. Sarei diventato l'uomo più temuto di New York. E tutto quello che mi sarebbe costato sarebbe stato lo sguardo di Dillon su di me.

Guardai indietro la donna bellissima che giaceva spaventata nel mio letto. I suoi grandi occhi, la sua pelle d'ambra, ne avevo bisogno per respirare. Il prezzo della mia libertà era troppo alto. Rendendomene conto, abbassai il capo.

"Ecco cosa accadrà," iniziò Eris. "Guardami."

Senza pensare, mi voltai verso di lei.

"Dato che non sono un mostro, ti darò un'ora. Quando quell'ora sarà passata, dirai addio a lei e poi non la vedrai mai più. Mai! Mi hai capito?"

La guardai, con la voglia di spezzarle il collo. Non lo feci. Distolsi invece lo sguardo sconfitto.

"Bene. Vedi, posso essere ragionevole. Ho un cuore. Ma non scambiare la simpatia per debolezza perché è così che le persone finiscono morte ammazzate. Dimmi che mi hai capito."

Mi rifiutai di guardarla.

"E tu, dimmi che mi hai capito."

Nel momento in cui mi resi conto che stava parlando con Dillon, reagii.

"Non parlarle!"

"Va bene, Remy. Credo di aver finalmente capito," disse guardandomi con tristezza negli occhi.

"Era ora," rispose sarcasticamente Eris. "Ora vi lascio da soli. E quando avrò finito, non vedo l'ora di iniziare il resto della mia vita con il mio futuro marito," disse dando un'occhiata al mio corpo nudo e sorridendo.

Con le sue parole che mi laceravano, non riuscii a guardarla mentre se ne andava. Aspettando di sentire la porta principale aprirsi e chiudersi, mi ritrovai legato nelle catene create dal pensiero che potevo per una volta avere quello che desideravo.

Il silenzio tra Dillon e me si protrasse. Ero troppo imbarazzato per guardarla. Avevo fatto la scelta giusta a non ucciderla? Stavo facendo la scelta giusta adesso?

"Non è colpa tua, Remy," disse la voce dolce di Dillon.

"È tutta colpa mia," risposi.

"Come? Dimmi come tutto questo può essere colpa tua," insistette Dillon.

La guardai chiedendomi come potesse essere una domanda.

"Avrei potuto fare di più."

"Di cosa?"

"Non lo so. Di più."

"Remy, non hai chiesto di nascere l'uomo che sei, proprio come non l'ho chiesto io. Siamo entrambi figli del destino, costretti a pagare per i peccati dei nostri padri."

Era vero? Era per questo che mi sembrava di averla conosciuta quando tutto ciò che conoscevo era il suo nome?

La bocca di Dillon si aprì come se stesse facendo un'ultima richiesta. "Per favore, sdraiati con me. Se ci rimane solo un'ora per stare insieme, voglio passarla tra le tue braccia," disse spezzandomi il cuore.

La fissai dai piedi del letto. "Non voglio che finisca così. Non lo permetterò."

"Allora, lo farò io. Non perché ho paura di quello che suo padre mi potrebbe fare. Ma perché ho paura di quello che potrebbe fare a te… e a Hil, e a tua madre. Non posso essere la causa dei vostri dolori. Non posso," disse con lacrime agli occhi.

"Non lo permetterei…"

"Per favore," disse interrompendomi. "Sdraiati semplicemente con me. Finiamo di rendere questa la notte perfetta," disse pulendosi il viso con il dorso della mano.

Senza un'altra parola, tornai a letto e tirai il mio nudo amore tra le mie braccia. Si incastrava perfettamente. Con le sue braccia accartocciate davanti a lei, le mie ali la coprivano rendendoci una cosa sola.

Durante quell'ora, non parlammo. Quando il nostro tempo fu finito, si allontanò con grazia e cercò i suoi vestiti. Con mia sorpresa, sembrava avere accettato tutto questo.

"Le hai detto che saresti venuto qui?" chiese mentre raccoglieva le sue mutandine e le indossava.

"Certo che no," dissi assorbendo ogni centimetro di lei, sperando di ricordarla per tutta la vita.

"Allora come ha saputo dove trovarci?"

Infatti, come aveva fatto a saperlo?

"Oh cazzo!" esclamai guardandomi il polso.

"L'orologio," disse Dillon arrivando alla stessa conclusione.

"Quella maledetta cagna ci ha messo un localizzatore dentro," dissi balzando in piedi, strappandolo e distruggendolo con una sfera di marmo che fino a quel momento non aveva avuto alcuna utilità.

Con l'orologio ridotto a vetro rotto, Dillon mi chiese, "Pensi che fosse un falso?"

"No. L'ho fatto controllare. Era vero."

"Quindi, hai appena distrutto due milioni di dollari?"

"Sì," confermai preoccuparmi più di tanto.

"Va bene," disse guardandomi tutta vestita. "Allora, suppongo che sia finita…"

"Può essere mai finita tra noi?" chiesi con un sorriso.

"Sì. Perché questa volta non sei tu a dirlo, sono io," disse cercando il coraggio. "È finita. Non voglio vederti mai più. Mai," disse dolcemente spezzandomi il cuore.

E con questo, uscì dalla mia camera da letto e dalla mia vita mentre io stavo lì nudo a guardarla.

Il dolore martellante nel mio petto non cessava. Fissavo la porta della camera da letto chiusa mentre l'addio di Dillon risuonava nella stanza. I ricordi di lei si snodavano per tutto l'appartamento come il suo profumo delicato che persisteva.

Per quanto volessi crogiolarmi in quel pensiero, perdermi completamente nel ricordo di lei, non potevo. Non era finita. Non poteva esserlo. Il mio cuore si rifiutava di accettarlo.

Nel silenzio assordante della stanza, un nome balenò nella mia mente. Lucien era stato forse l'unico amico della mia infanzia. Viveva a Parigi e poteva essere l'unica persona a capire cosa stessi attraversando.

Afferrando il telefono, composi il suo numero ormai poco utilizzato.

"Un bel momento per chiamare, Remy," la voce distaccata di Lucien ronzò, alleggerendo la tensione aggrappata al mio petto.

"Che ne dici di bere qualcosa?" chiesi, cercando disperatamente di sfuggire all'eco dell'addio di Dillon.

"Le Bar Diamant?" suggerì Lucien con calore genuino, come ai vecchi tempi.

"Con piacere," mormorai, riagganciando.

Indossai una camicia bianca e jeans scuri e me ne andai. Entrando nel Le Bar Diamant, mi guardai attorno. Il bar era avvolto da un'oscurità vellutata.

Vedendo mio cugino per la prima volta dopo anni, attirai la sua attenzione. Ci incamminammo verso un tavolo d'angolo. Il brusio delle conversazioni ci avvolgeva in un manto di solitudine. Appena mi sedetti, mi passarono un bicchiere, presi un sorso e fissai il mio vecchio amico.

"Ho sentito dire che stai per sposarti," iniziò Lucien, agitando il liquido ambrato nel suo tumbler.

"Sono stato messo al muro," ammisi prima di bere un altro sorso.

I suoi intensi occhi verdi mi scrutarono. Potevo vedere la sua empatia brillare sotto la superficie indurita della nostra educazione mafiosa. Vedendo il mio disagio, Lucien cambiò argomento.

"Potrei avere qualcosa che ti farà dimenticare tutto," disse, la sua voce assunse un tono misterioso.

"Cosa?"

"So di un'asta stasera. Sarà un po' insolita. Potrebbe aiutarti a vedere le cose da un'altra prospettiva," propose Lucien con un barlume di malizia nei suoi occhi.

Il modo in cui Lucien aveva presentato l'idea mi fece riflettere. Ma quale male poteva portare un po' di spensieratezza? Forse sarebbe stato bello passare una serata fingendo che il mondo non mi fosse crollato addosso? Dopotutto, non era per questo che avevo chiamato Lucien?

Inghiottii il resto del mio drink.

"Bene. Andiamo," gli dissi, intrigato e desideroso di una distrazione.

Seguendo mio cugino fuori dal bar e nella fresca notte parigina, arrivammo infine all'asta. A quanto pare, Lucien aveva tralasciato qualche dettaglio. Entrando dalle pesanti porte metalliche del magazzino, mi resi conto che quella non era il tipo di asta che veniva pubblicizzata. Eppure, entrando in una sala scarsamente illuminata, la folla in attesa era composta solo dai più ricchi e viziati della società francese.

Voltandomi verso mio cugino per capire cosa stesse succedendo, lo vidi teso. I suoi occhi verdi saltavano da persona a persona come se stesse cercando qualcuno.

Osservandolo con cautela, un nodo nello stomaco si contorse. Quella era una faccia di Lucien che non avevo mai visto prima. La sua intensa tranquillità e una strana inquietudine lo facevano sembrare un predatore in procinto di balzare sulla sua preda.

Il mormorio della folla cadde nel silenzio quando iniziò l'asta. Quando furono presentati i primi pezzi, capii cosa stava succedendo. Le maschere indigene e le spade vecchie di secoli non erano esattamente pezzi che potevano essere venduti in una casa d'aste rispettabile. Perché anche se non erano stati rubati da un museo, dovevano essere stati presi dalle loro case culturali senza il permesso delle popolazioni native.

Osservando Lucien, man mano che i pezzi diventavano più interessanti, vidi che era immobile. La natura spensierata che aveva mostrato appena un'ora prima era sparita. Al suo posto c'era una serietà mortale nella quale non riconoscevo nel mio amico. E quando le esclamazioni per il premio finale della notte riempirono la sala, mio cugino si trasformò.

Voltandomi di nuovo verso il palco dell'asta, lo vidi. L'ultimo oggetto era una tigre del Bengala. Andava avanti e indietro nella sua gabbia, sembrava tanto pericolosa quanto spaventata.

Non riuscivo a staccare gli occhi da quella bestia, era stupefacente. La sua maestosità era stranamente fuori luogo nel mondo losco in cui si era ritrovata. E tornando a Lucien in cerca dei suoi pensieri, vidi come il suo sguardo si era indurito.

Ad ogni nuova offerta i suoi occhi si concentravano sul compratore. Potevo quasi vedere i suoi calcoli. Ecco perché era venuto. Non mi aveva portato lì per una distrazione divertente. Era lì per una missione.

Sotto il peso della nuova consapevolezza, le poste in gioco sembravano improvvisamente altissime. Mentre il rumore nella stanza si smorzava, l'asta annunciò il vincitore. Lo riconobbi, lo avevo conosciuto quando vivevo a Parigi con mio padre. L'offerta vincente proveniva da un boss mafioso noto per il suo maltrattamento di animali esotici.

Istintivamente guardai Lucien. La scintilla nei suoi occhi bruciava ancora più luminosa.

"La compra per ucciderla e trasformarla in un tappeto," sibilò Lucien, i suoi occhi verdi scuri di determinazione. "Che ne dici di aiutarmi a rubarla?"

Sentendo le sue parole, la gola si serrò.

"E se ci riuscissimo, cosa faresti?" chiesi, non sapendo cosa volesse fare.

Lui sorrise beffardo, bloccando il suo sguardo sul mio. "A chi non piacciono i tappeti?"

Risi, domandandomi se dicesse sul serio. Eravamo cresciuti come uomini della mafia, possessivi e implacabili. Ma c'era sempre onore nella crudeltà. Quindi, quello che aveva detto il mio amico d'infanzia era uno scherzo? O mi stava presentando un lato di lui che non volevo conoscere?

Per quanto trovassi la sua proposta assurda, c'era una parte di me che ammirava la sua audacia. Più di quello, c'era un fuoco nei suoi occhi che mi attirava fuori dal mio mondo pieno di drammi.

"Bene, allora. Ci sto," dissi finalmente.

La sorpresa sul volto di Lucien era impagabile. Non ero sicuro di cosa si aspettasse che dicessi, ma fissandomi, lo vidi splendere.

Leggendo tutto ciò che il sorriso di Lucien suggeriva, ripensai nuovamente a ciò che avevo accettato di fare. Stavo per aiutare il mio amico a rubare una tigre da un pericoloso boss della mafia. Poi, se fossimo sopravvissuti a questo, avrei dovuto convincerlo a consegnarla a uno zoo invece di appendere la sua testa al suo muro. Nessuna di queste cose sarebbe stata facile.

Ascoltando Lucien delineare il suo piano, mi batteva forte il cuore. Non era uno scherzo improvvisato sul momento. Era totalmente serio. Non solo conosceva la configurazione dell'edificio ma aveva memorizzato ogni porta e ogni allarme.

Aveva lavorato lì per raccogliere informazioni? Perché Lucien era preparato. E tutto quello che dovevo fare era seguire il suo esempio e aiutalo a spingere la gabbia quando sarebbe stato il momento.

Infiltrandoci nelle vie dietro del magazzino, il piano di Lucien si dispiegò come una crescente nebbia.

Abbracciavamo furtivamente i muri e ci infilavamo sotto intricati allarmi. Uscendo da una finestra, ci tuffammo su un balcone che sembrava troppo lontano. Avendo vissuto una vita di momenti esaltanti, questo era certamente il peggiore.

Tornammo dentro pieni di adrenalina, il piano di Lucien aveva funzionato. Almeno fino a quando un passo sbagliato aveva fatto scattare un allarme. Restammo fermi, i battiti del cuore riecheggiavano. La mia mente girava a mille. Saremo stati scoperti? I secondi passavano lentamente trasformandosi in una eternità prima che l'allarme si spegnesse improvvisamente.

Lucien emise un sospiro di sollievo, un mezzo sorriso si affacciò sul suo viso. Io scossi semplicemente la testa, lo stomaco chiuso per la tensione. Quell'imprudenza, quell'oscillazione tra vita e morte mi sembravano dolorosamente familiari. E dato che avevo esperienza di momenti come quello, sapevo che il pericolo era appena iniziato.

Bastarono pochi secondi per vedere confermata la mia previsione. Mentre percorrevamo i corridoi, un uomo grande, vestito in uno smoking economico, girava l'angolo, venendo direttamente verso di noi. Era venuto a controllare l'allarme e mentre la sua giacca volava al suo fianco, vidi che era armato.

Prima che potessi reagire, Lucien rispose pieno di fascino. Parlando in francese, si inventò una storia intricata di pacchi di documenti confusi e addetti alla consegna assenti. Arrivò persino fino a produrre una carta di identità per dimostrare le sue affermazioni. Era una performance impressionante.

L'uomo della sicurezza, rassicurato ma infastidito dal fatto che non avevamo seguito il dress code, chiese la mia carta di identità per confermare la storia. Stavo per parlare quando Lucien mi interruppe.

"Oh, lui è il mio nuovo aiutante. Non ha ancora l'ID. Carne fresca. Impaziente ma non sa distinguere tra la destra dalla sinistra."

Il suo fascino e il sorriso radioso finirono con disarmare completamente l'addetto alla sicurezza. Quando Lucien ebbe finito con lui, ci stava accompagnando presso la tigre. Mi ci volle tutta la mia forza di volontà per non sorridere mentre lo seguivo.

Quando nacque un altro momento di davanti all'uomo che sorvegliava la gabbia, Lucien ha risolto anche quello. Alla fine, fu l'addetto alla sicurezza ad insistere perché la guardia ci consegnasse la tigre. Fu un lavoro fatto a regola d'arte.

Ridendo mentre spingevamo la gabbia lungo il corridoio scuro, dissi: "È stato più facile che entrare nei club americani quando eravamo ragazzi."

"Aiuta il fatto che adesso sembra che i nostri attributi siano cresciuti," rispose Lucien in tono accusatore. "Ma non tentare il destino, Remy. Non abbiamo ancora finito," disse, mantenendo un'attenzione ferrea.

"Comunque, come hai intenzione di far uscire questa enorme palla di pelo da qui? In Métro?"

Mi fece un sorrisetto e poi indicò davanti a noi un anonimo furgone nel parcheggio.

"Ottimo. È tuo o stiamo rubando anche quello?" chiesi confuso.

Senza dire una parola, Lucien girò intorno al furgone e aprì i portelloni posteriori. Abbassando delle rampe metalliche, mi guardò aspettando che facessi la mia parte.

"Allora, mi hai portato come forza di braccia?" scherzai.

"Non ti ho portato certo per il tuo cervello," replicò Lucien.

"Canaglia."

"Americano."

"Come osi?" lo sfidai, con gli occhi serrati, preparato ad una lotta.

Trattenendomi per tutto il tempo che potevo, scoppiai in una risata. Quello era il nostro tipico stile. La sua familiarità era confortante in mezzo all'assurdità di tutto ciò che stava succedendo. E non mi riferivo solo alla tigre che guardava la mia mano sulla gabbia come se fosse una bella salsiccia.

Ridendo con me, Lucien scese e mi aiutò a spingere la gabbia all'interno del furgone. Mentre ci allontanavamo, la mia mente si rivolse alla gigantesca tigre dietro. Tocca a me. Dovevo convincerlo a dare l'animale a uno zoo invece di sacrificarlo a qualche pazzia che aveva in mente.

Pensavo di fare appello al suo orgoglio e poi alla sua coscienza. Ma prima che potessi dire una parola, lui si infilò in un vicolo e spense il motore. Non appena tutto fu tranquillo, un uomo africano più piccolo si avvicinò al furgone.

"Lucien," disse, "dov'è?"

"È dietro."

"Mostramela," l'uomo insistette con un accento africano.

Seguii Lucien fuori dal furgone facendo il giro verso il retro. Spalancando le porte, la bestia irritata ruggì.

"È bellissima. Ti assicuro che vivrà il resto della sua vita in una riserva lontana dalla crudeltà degli uomini."

Gli occhi di Lucien incrociarono brevemente i miei.

"Mantieni la tua parola. Non costringermi a venire a cercarti."

Il piccolo uomo guardò il mio cugino muscoloso senza essere intimidito.

"Non preoccuparti. Lo farò."

"Bene," disse Lucien prima di dare all'uomo le chiavi del furgone e di guardarmi. "Andiamo."

Raggiungendolo mentre risaliva il vicolo, guardai l'amico d'infanzia stupefatto. Non era più la persona che conoscevo.

"Cosa?" ringhiò quando non poté più ignorare il mio sguardo.

"Sei un tenerone," scherzai.

"Stai parlando di quello? Ti aspettavi che la trasformassi in tappezzeria io stesso? Non mi sporco le mani."

"Ovviamente," dissi, studiandolo.

"Vabbè," disse spazzando via la mia insinuazione.

Sembrava un'eternità dall'ultima volta che la vita mi aveva sorpreso. Ero cresciuto con Lucien. C'era stato un periodo in cui eravamo praticamente un tutt'uno. Lui conosceva tutti i miei segreti ed io conoscevo i suoi.

Ma quello era un tempo passato. Niente di ciò che sapevo di lui avrebbe potuto prepararmi a quello che era successo quella notte. Era diventato una sorta di giustiziere per gli animali in pericolo? Considerando la complessità del suo piano, non poteva essere stato il suo primo colpo.

Era questo il vero Lucien? Era questo ciò che gli procurava la maggior gioia? Forse non avevo mai conosciuto mio cugino. Era colpa mia? Era colpa mia se anche lui non mi conosceva?

Passarono le settimane, e la continua assenza di Dillon sembrava scavare sempre più a fondo nella mia anima. Basta momenti rubati, regali che la facevano sorridere, e la convinzione che saremmo stati infine insieme. Tutto ciò che restava erano i morsi amari dei ricordi di ciò che avevamo e avremmo potuto essere.

Eris, ovviamente, era ignara dei miei sentimenti. A lei interessava solo pianificare il nostro matrimonio. Doveva sapere che era tutto finto, no? Che io ero lì solo per salvare la vita di tutti quelli che amavo?

Forse l'aveva capito ed era un'attrice migliore di me. Una volta mi aveva detto che non aveva avuto scelta come me riguardo al matrimonio. Ma il modo in cui i suoi occhi luccicavano mentre sceglieva le posate e i centro tavola mi metteva in dubbio.

Seduto al mio tavolo da pranzo accanto a Eris con la nostra wedding planner a delineare il verdetto che avrei dovuto eseguire, ancora una volta mi interrogai su ogni decisione che avevo mai preso. Mentre lo facevo, Eris stese la mano attraverso il tavolo per afferrare la mia. Le sue dita sfiorarono appena le e io tirai indietro di scatto la mano.

Non era stato intenzionale. Dovevo essere totalmente concentrato per far agire il mio corpo contro ciò che voleva e quel giorno la mia mente era altrove. Avevo semplicemente reagito.

Guardando in su verso Eris, colsi il lampo di dolore nei suoi occhi. Perché? Più di chiunque altro, lei sapeva che il nostro rapporto era una menzogna. Stavo cercando di fare del mio meglio. Stavo cercando di fare ciò che era giusto.

Non vedeva lo sforzo che stavo compiendo? Ero lì, no? Non avevo ancora ucciso né lei né suo padre per uscire da tutto questo. Quindi, quale diritto aveva di agire offesa da qualcosa che non potevo controllare?

Qualche ora più tardi, quando la pianificazione del matrimonio si era misericordiosamente conclusa, mi trovai solo con Eris. Non avevo mai dovuto dire a Eris di andarsene. Aveva sempre fatto tutto senza doverglielo chiedere. Ma c'era qualcosa di diverso in lei quella notte. Questa volta mentre lei era seduta a guardarmi, vidi un bagliore nei suoi occhi.

"Voglio fare qualcosa per te," disse con un sorriso.

"Vuoi darmi un altro orologio?"

La mascella di Eris si contrasse per un attimo, poi tornò rilassata. "No. Questo è meglio. Questo ti piacerà."

"Davvero?"

Scosse la testa e si alzò. Cercando il telecomando dell'impianto stereo, lo accese. La musica che stava suonando non era presa da nessuna delle mie playlist. L'aveva programmata le. Cosa stava cercando di fare?

Mentre le lente note sensuali uscivano dagli altoparlanti, lei abbassò le luci. Stava creando l'atmosfera. Per cosa? Quando si posizionò ad una breve distanza dalla mia sedia, lo scoprii.

Eris non aveva un brutto corpo. Al contrario. Le sue dolci curve, le sottili linee che incrociavano il suo stomaco, erano il sogno di ogni ragazzo adolescente. E il modo in cui muoveva i fianchi a ritmo della musica mi suscitava strani pensieri. Non potevo evitarlo. Anche un uomo gay avrebbe apprezzato ciò che stavo vedendo.

La guardai e non c'era dubbio su ciò che stava facendo. Era stanca di aspettare che io facessi la prima mossa, quindi stava cercando di sedurmi. Stranamente, ci stava quasi riuscendo.

Prima che Dillon entrasse nella mia vita, donne come quella di fronte a me erano la mia via di fuga. In un tempo e in un luogo diverso, Eris ed io avremmo potuto divertirci tanto insieme.

Raggiungendo il mio drink, ne presi un altro sorso mentre Eris si tirava su la maglietta. Indossava un reggiseno che la copriva appena. Mio Dio, com'era bella. Oggettivamente parlando, quella donna era davvero sexy. Presi un altro sorso e, prima che mi piegassi in avanti e feci qualcosa di cui mi sarei pentito, considerai di prendere un altro drink.

Quanti ne avevo bevuti? Sicuramente ne avevo preso uno per dimenticare la pianificazione del matrimonio, ma quanti altri dopo di quello? Era solo uno? Non avevo riempito il bicchiere.

Ripensando alla serata, mi ricordai che Eris che mi chiedeva se avevo bisogno di un altro. Avevo detto di sì, riluttante. Da quel momento in poi, non c'era mai stato un momento in cui il mio bicchiere fosse mezzo pieno. Quanti ne avevo bevuti senza saperlo, sette? Otto? Quanto ero ubriaco?

Riguardai Eris che ora era nuda, ad eccezione di due pezzi di stoffa semitrasparente che coprivano i capezzoli e le sue pieghe gonfie. Sì, era dannatamente sexy. Non c'era dubbio su questo. Ma la volevo?

Volevo che quella donna mi scopasse come suo padre aveva fatto per troppo tempo? Non lo volevo. Quindi quando si inginocchiò di fronte a me accarezzandomi il petto come una gatta, mi irrigidii. Il mio cazzo duro avrebbe potuto darle una falsa impressione. Strofinandosi contro e stringendolo sembrava eccitata.

"Unisciti a me," disse alzandosi e dondolando verso la mia camera da letto.

Non distogliendo lo sguardo da me, si tolse il resto del reggiseno e lo lasciò cadere. Sì, aveva un bel seno. Sfilandosi quel che rimaneva delle mutandine, si appoggiò allo stipite della porta completamente nuda.

"Potresti avermi in qualsiasi modo tu voglia," disse prima di scomparire dentro.

La volevo? Almeno un po'? Come sarebbe stata la mia vita se avessi semplicemente detto sì?

Capitolo 12

I gradini cigolavano sotto il mio peso mentre scendevo nella cucina kitsch di Cali. L'aroma di pancetta e waffle mi aveva attirata: era arrivato fino alla mia camera.

Nono so dire la sorpresa quando entrai e trovai Hil ai fornelli. Stava cucinando tutto da sola. Regolava la pancetta con una mano, con l'altra impilava una montagna di waffle.

"Chi l'avrebbe mai detto?" la canzonai, cercando di allentare il mio umore mentre entravo. "Hil Lyon, principessa della mafia trasformata in una chef."

Fu Cali a ridere per primo. Le sue spalle tremavano mentre versava il caffè in un set di tazze scombinato. "Avresti dovuto vederla quando ci siamo conosciuti."

"Oh, posso immaginarmelo. Hil, hai raccontato a Cali di quando sono passato da casa tua e avevi deciso che volevi delle uova strapazzate?"

“Oh dio!” mugolò Hil.

Con tutta l’attenzione di Cali, iniziai a raccontare la storia.

“Mia madre era andata a fare spese. Non so per cosa.”

“Aveva bisogno di panna da montare per fare i tortellini preferiti di mio padre.” Hil alzò lo sguardo, divertita da un pensiero. “E, ora so cosa significano tutte quelle parole.”

“Tortellini?” scherzato Cali.

“Panna da montare. Ricordo che quando l’aveva detto ho pensato, cos’ha a che fare il sesso con tutto ciò? Era una panna per persone in calore?”

“Comunque,” interruppi. “Hil ha deciso che avrebbe cucinato delle uova per noi. Quindi, ha preso due uova dal frigo e le ha messe nel microonde perché era l’unica cosa che sapeva fare.”

“I microonde cuociono le cose e io volevo le uova cotte. Quindi, le ho messe nel microonde,” Hil spiegò tra le nostre risate.

“Oh no,” esclamò Cali.

“Oh sì,” confermai. “Mia madre ha dovuto passare il resto della giornata a pulire uova esplose da ogni cosa.”

“Non ha fatto pulire Hil?” chiese Cali.

“La principessina?” canzonai.

Hil guardò altrove imbarazzata. “Lo avrei fatto se me lo avessero chiesto. Mi sentivo in colpa.”

"No, dolcezza, mia madre voleva che fosse pulito. Se l'avesse chiesto a te, ci staresti ancora lavorando oggi."

"E chi avrebbe fatto questa fantastica colazione?" Cali aggiunse da bravo fidanzato.

"Vi odio entrambi," scherzò Hil, lanciando un canovaccio a Cali.

Osservai l'interazione tra Hil e Cali. L'invidia mi torceva le viscere. Ridacchiavano. Scherzavano. Erano felici.

Sfiorai il vecchio tavolo con le dita mentre la mia mente tornava su Remy, la causa del mio dolore. La sua assenza risuonava nel vuoto che sentivo. Il peso di quell'assenza mi esauriva.

"Odio quello che ti ha fatto, Dillon," mormorò Hil dopo un breve silenzio.

"Chi?"

"Sai chi. Remy."

"Non lascerò che tu lo incolpi, Hil," risposi, in tono tagliente, più di quanto volessi. Alla sua espressione perplessa, sospirai, passando una mano tra i miei ricci sciolti.

"Mi avevi avvisato su cosa sarebbe successo se mi fossi innamorata di lui. Me l'hai detto e io ho scelto di ignorarlo. Quindi quello che è successo riguarda me tanto quanto Remy. Se non di più."

Giocando con le posate, evitai lo sguardo empatico dei miei due amici. Cali batteva le mani, guardandomi con un'occhiaia severa. "No, Dillon. E mi dispiace dirlo di tuo fratello, Hil, ma quell'uomo è stronzo e maleducato."

"Quindi, stai dicendo che può andare a farsi fottere?" chiesi dopo qualche riflessione.

Cali si congelò pensando a quello che avevo detto e poi si rilassò in una risata. Hil ed io ci eravamo unite.

"Sì, può andare a farsi fottere," concluse Cali.

"Ma, se potessi farlo, perché dovrei uscire di casa?" chiese una voce attirando la nostra attenzione verso il portone.

"Remy?" dissi immediatamente sommersa da tutte le mie emozioni dolorose.

Spiccando il volo attraverso la cucina e afferrando la camicia elegante di Remy con i pugni, Cali era infuriato.

"Hai un bel coraggio a presentarti qui dopo le cavolate che hai combinato," Cali sbottò.

Non l'avevo più visto da quando l'avevo lasciato nudo nella sua camera a Parigi. Eppure adesso era lì, incorniciato dal sole del mattino. Le sue spalle larghe riempivano l'ingresso della cucina, e nonostante la presa minacciosa che Cali aveva su di lui, i suoi occhi scuri incrociarono i miei.

Sembrava… distrutto come se una tempesta avesse bruciato il suo spirito. Era lontano dal suo solito contegno composto. Anche la sua solita camicia impeccabile gli pendeva addosso trasandata.

"Non montare in cagnesco, montanaro. Sono solo qui per parlare con Dillon," disse senza la solita combattività.

"No," sputò Hil, mettendosi davanti a me come per proteggermi dallo sguardo di Remy. Quando Hil parlò di nuovo, la sua voce ribolliva di rabbia. "No, hai perso quel diritto."

Il rifiuto netto di Hil infranse lo scudo di Remy. La sua tipica espressione controllata si ammorbidì. La tristezza lampeggiava nei suoi occhi. "Hil, non capisci," iniziò Remy ha, la sua voce roca mi aveva toccato le corde del cuore.

"Cosa? Che hai fatto quello che dovevi fare perché Armand ci aveva minacciato non tanto sottilmente di ucciderci tutti?" Hil disse freddamente.

"No, che io non sono nostro padre," corresse Remy.

"Cosa?" chiese Hil, sorpresa.

Remy sospirò.

"Papà avrebbe semplicemente risolto una cosa del genere. Avrebbe preso alcuni dei suoi uomini e avrebbe iniziato una guerra che avrebbe lasciato una scia di sangue per le strade," disse Remy, le sopracciglia corrugate.

"So che pensi che anch'io sia così. E forse per un po', l'ho creduto anch'io. Ma non sono così. Non posso farlo. Voglio essere in grado di proteggere le persone che amo così, ma non sono lui. Non sono papà."

Dopo questa ammissione, Cali lasciò andare Remy e si ritirò. Liberi, i due fratelli si sono fissarono l'un l'altro. Non riuscivo a capire cosa stessero pensando.

Sapevo cosa significava per me. Remy stava riconoscendo ciò che avevo sempre saputo di lui. Era un bravo uomo che non aveva mai desiderato la vita che gli era stata imposta.

"Remy, nessuno qui vuole che tu sia come papà," disse Hil rompendo il silenzio mentre stringeva la spalla del suo fratellone.

"Non hai idea di quanto ho sacrificato per questa famiglia, Hil. Eppure, per quanto ci abbia pensato, c'è solo una cosa di cui mi pento."

"Quale?" chiesi, attirando la sua attenzione.

Remy si allontanò da sua sorella per venire a pochi centimetri da me.

"Mi pento di non averti detto i miei sentimenti prima," dichiarò Remy secco.

Il mio respiro si bloccò.

"Dillon, sono innamorato di te da tanto tempo. Dal momento in cui ti ho incontrata, non mi sono mai saziato. Ogni volta che passavi a far visita a Hil, mi chiedevo se mi vedessi. Quindi, quando ti avevo così vicina, quando ebbi tutto ciò che avevo sempre desiderato tra le mie braccia, ero il più felice che potessi essere.

"Quando mi hai lasciato, ho provato a vivere senza di te. Sapevo che facendolo avrei tenuto al sicuro tutti qui. Ma la richiesta era troppo alta. Non riesco a stare lontano da te, Dillon. Ho bisogno di te. Sono qui per dirti che se mi accetterai, non ti lascerò mai più."

Raccogliendo le mie emozioni, tentai di governare l'onda travolgente che minacciava di sovrasarmi.

"Remy," iniziai delicatamente, "ti ho lasciato per una ragione. Devi stare con Eris. La vita di tutti dipende da questo. E anche se non fosse così, non posso essere la tua amante. Se potessi, lo farei. Ma non posso. Mi dispiace!"

"Ma è per questo che sono qui," spiegò Remy. "So che non posso semplicemente allontanarmi da Eris. Ma non posso vivere senza di te," dichiarò Remy, mostrandomi il cuore. "Quindi sono qui per chiedere di nuovo il tuo aiuto. Io non ho tutte le risposte come mio padre. E non sono lui, non posso fare questo da solo. Ho bisogno dell'aiuto delle persone che amo. E io ti amo."

Ogni parola di Remy era come un balsamo per la mia anima dolente. Mi amava. Lasciando andare un respiro che non mi ero resa conto di trattenere, mi arresi a lui.

"Anch'io ti amo, Remy," confessai.

Con questo, Remy fece scivolare la sua mano dietro il mio collo e mi tirò a sé. Il piacere mi invase come una cascata. Le sue labbra familiari erano confortanti. Sentendo il loro calore mentre mi apriva la bocca, mi persi. E quando la sua lingua entrò alla ricerca della mia, non avrei mai voluto che se ne andasse.

L'elettricità ci attraversò. Come avevo pensato di poter mai stare lontano da lui? Non avrei potuto. E mentre le nostre due lingue danzavano e l'altra sua mano trovava i miei glutei, il momento venne spezzato dalla mia migliore amica che mi vide, per la prima volta, baciare suo fratello.

"Dovremmo andarcene?" chiese Hil sinceramente.

Mordendomi il labbro mentre si allontanava, le nostre due fronti si toccarono mentre ritrovavamo la realtà. Fissandoci negli occhi l'uno dell'altro, scoppiammo a ridere.

"Di nuovo, dovremmo andarcene?"

"No, non andate," disse Remy raddrizzandosi. "Ho bisogno anche del tuo aiuto." Si rivolse da Hil a Cali. "Anche del tuo," disse vulnerabile.

Cali lo fissò.

"Io continuo a pensare che tu sia un cretino," concluse Cali.

Remy rise. "È la mia migliore qualità," scherzò.

"Ma mi hai aiutato a riavere Hil," concesse Cali, i suoi occhi addolciti. "Quindi, ti aiuterò con questo."

"Lo faremo entrambi," convenne Hil. "È ora che anche il resto di noi in questa famiglia faccia la sua parte. Non dipende tutto da te. Siamo tutti sulla stessa barca."

Il sollievo invase Remy. "Grazie. Non sapete cosa significhi per me. Quindi, avete qualche brillante idea?"

Ponderai, la mia mente era piena di possibilità. "Pensi che Armand abbia qualcosa che potrebbe farlo cadere?"

"Non lo abbiamo tutti?" disse Remy con una smorfia. Leggendo i nostri volti vuoti, aggiunse, "Sbagliato. Sì, c'è una grande possibilità che Armand abbia qualcosa che potrebbe farlo cadere. Cosa potrebbe essere e come possiamo scoprirlo, non ne ho idea."

"Non seguite tutti lo stesso copione, voi boss della malavita," stuzzicò Cali.

"Certo, ma io ho restituito la mia copia in biblioteca. Se non fosse per quelle maledette multe tardive…," rispose Remy sarcasticamente.

"Come ho detto, sei un cretino," concluse Cali.

"E come ho detto, è la mia migliore qualità," prese in giro Remy ritornando ad essere l'uomo che amavo.

"Seriamente, pensi che abbia qualcosa che potremmo usare contro di lui?" ripetei lentamente, formando un'idea.

"Di nuovo, sì. Ma non è che lo seguo. Potrebbe essere qualsiasi cosa e ovunque. Non saprei da dove cominciare."

"E se ci fosse qualcuno che potrebbe saperlo?" chiesi.

"Eris? Non c'è modo che mi possa aiutare a far cadere suo padre. È molto arrabbiata con me in questo momento."

"Cosa è successo?" chiesi non potendo fare a meno.

"Diciamo solo che l'ho lasciata in un momento inopportuno."

"Perché?"

"Perché quando ti rendi conto che vuoi passare il resto della tua vita con qualcuno, vuoi che inizi immediatamente," disse Remy afferrandomi l'anima.

"Cali, perché non mi dici mai cose del genere?" chiese Hil al suo ragazzo.

Cali gemette e guardò Remy. "Cretino."

"Contadino," disse senza perdere una battuta.

"Ok, voi due," dissi mettendo fine alle cose prima che iniziassero. "Sto pensando a Jimmy."

"L'agente dell'FBI?" chiese Remy sorpreso.

"Sei amico di un agente dell'FBI?" chiese Hil confusa.

"Oh, non solo dell'FBI. Lavora nella divisione del crimine organizzato." spiegò Remy, felice di aver trovato qualcuno che potesse capire.

"Sei amico di un agente dell'FBI che lavora nel crimine organizzato?" disse Hil lasciando Cali a interrogarmi.

"È un amico della scuola elementare. Siamo cresciuti nello stesso palazzo. Mi sono imbattuta in lui quando stavo cercando una posizione per il progetto di Remy," tentai di spiegare.

"E poi lei gli ha chiesto di far parte del consiglio del centro comunitario," disse Remy, godendosi un po' troppo la cosa.

"Hai invitato un agente dell'FBI a far parte del consiglio del centro comunitario?" chiese Hil, stupito.

"È quello che ho detto!" aggiunse Remy con un sorriso compiaciuto.

"Da queste parti ci sono molte gang. Ha offerto di aiutarmi a fare del centro un posto sicuro."

"Non capisci che poteva essere una decisione discutibile vista chi stava pagando tutto?" Hil insistette.

"Anche tu, Hil. Insomma, ho fatto quello che credevo fosse meglio per tutti," dissi cominciando a pentirmi della mia decisione. "Se vuoi che lo rimuova dal consiglio, lo farò."

Vedendomi iniziare a sudare, Remy intervenne.

"No, no. Sono sicuro che qualunque decisione prenderai sarà la giusta. E in prigione ci sono visite coniugali, vero? Non ci separeranno dieci o vent'anni di distanza vero?"

Sotto pressione, strillai. "Mi dispiace. Lo toglierò immediatamente."

"Stiamo scherzando," spiegò Remy con un sorriso. "Hil, dì a Dillon che stavi solo scherzando."

Quando Hil non rispose, Remy lo ripeté. "Hil, dì alla tua migliore amica che era uno scherzo."

"Era uno scherzo," disse lei senza troppo entusiasmo.

Guardai Remy i cui occhi saltavano tra sua sorella e Cali.

"Bene gente, lo dirò solo un'altra volta. Non sono come mio padre. Faccio affari leciti. La nostra famiglia è ora completamente pulita. Non c'è nulla di cui l'amico dell'FBI di Dillon potrebbe accusarci, non importa quanto Dillon vorrebbe che lo facesse."

"Remy?"

"Scherzavo!"

"Sporco imbroglione!"

"Provinciale."

Hil ci guardò. "Ora che abbiamo superato questa parte della mattinata, che succede, Remy?"

"Cosa intendi?"

"Hai trovato Dillon. L'hai riconquistata. E ora?"

"Dovrò pensare a un piano, suppongo," disse Remy incerto.

"Bene, hai detto che hai bisogno del nostro aiuto per elaborarlo. Che ne dici di restare qui con noi?"

"Con noi?" protestò subito Cali.

"Dillon è già qui. Lui resterà nella sua stanza." Hil si voltò verso noi due. "Giusto?"

Guardai Remy. "Sei il benvenuto a restare. Ci vorranno un paio di giorni per elaborare un piano."

"Suggerisci che dovrei restare in città?"

"Se va a sputare sulla nostra città così..."

"Scherzavo. Cosa c'è nelle persone di campagna che le rende incapaci di capire una battuta? È tutto quell'incrocio tra consanguinei?"

Cali, caricò verso Remy e afferrò la sua camicia. Remy la lasciò fare con un sorriso.

"Sta cercando di provocarti," spiegò Hil.

"Gli sta riuscendo," dichiarò Cali.

"Non lasciarti provocare."

"E Remy, hai detto che hai bisogno dell'aiuto di tutti noi. Incluso Cali. Quindi, fai il bravo!"

"Okay, va bene. Cercherò di essere gentile. Sono sicuro che avete un bel paese pieno di brave persone."

L'intensità di Cali si sciolse lentamente, e alla fine lo lasciò andare.

"E sono sicuro che solo la metà di voi condividano lo stesso padre," aggiunse Remy non resistendo alla tentazione.

La testa di Cali fece un balzo verso Remy, ma questa volta non reagì. Si limitò a fissarlo.

"Remy?" lo sgridai.

"Va bene, un quarto di voi."

"Remy!"

"C'è solo tanto…"

"Remy, hai bisogno del suo aiuto."

Lui sospirò e si ricompose.

"Questo," disse, indicando il bed 'n breakfast. "È… incantevole. Davvero incantevole. Dovreste sentirvi orgogliosi di essere cresciuti in un posto del genere. Hil e io non lo siamo e sono sicuro che ne abbiamo risentito."

Remy si voltò verso di me.

"Sei felice?"

"Lo sono," dissi di nuovo sorpresa dal suo lato più dolce.

"Grazie," rispose Cali, improvvisamente confuso e disarmato. "Tu, ehm, vuoi un po' di colazione? Tuo fratello sa davvero come cavarsela in cucina."

"Sul serio?" chiese Remy con piacevole sorpresa. "Questo è uno di quei fatti che devo vedere per credere," disse il mio uomo prima di sedersi al tavolo e diventare per la prima volta parte del nostro gruppo.

Dopo esserci goduti l'impressionante colazione di Hil, Cali lavò i piatti mentre noi quattro pensavamo a un piano. Remy descrisse le idee di Hil e le mie come ingenuamente naïve, anche se fece attenzione a inserire un complimento quando provenivano da me. E il mio uomo descrisse le idee di Cali come sociopatiche, ma in tutta onestà, lo erano.

"Potremmo semplicemente bombardare il posto e risolvere il problema," suggerì Cali lavando un piatto.

"Ed è un'opzione," rispose Remy prima di sussurraremi 'È serio?'

Guardai Hil per la risposta. Gli occhi di Hil rimbalzavano tra noi due con uno sguardo inconsapevole.

“È quello che ha fatto a noi,” chiarì Cali. “Non è quello che fanno le persone come lui?”

“Giusto. La storia della bomba nel bagagliaio,” disse Remy ricordandoci di cosa fece l’uomo di mano di Armand cercando di uccidere Hil. “Diciamo quindi che piazziamo una bomba nella sua casa e lo uccidiamo. Avremmo ammazzato un uomo. Tu, con il tuo provincialismo ‘e poi’, e per favore e grazie, pensi di poter convivere con questo?”

“Perché dovremmo preoccuparci di ciò che gli succede?” chiese Cali amaramente.

“Okay,” disse Remy in preda all’incertezza. “So che ti ha sparato…”

“Sì, mi ha sparato,” disse Cali voltandosi velenoso.

“So che ti ha sparato,” ripeté Remy cercando di calmarlo. “Ma, non potresti vivere con te stesso se fossi parte di quello. Sì, Armand è uno squalo che non merita di vivere. Ma non devi essere tu la persona che lo dimostra. Credimi.”

Un groppo nello stomaco si sviluppò ascoltando l’appello di Remy. Mentre lo faceva, mi si rivelò una verità straziante. Lo stesso valeva per Hil e Cali.

“Non ho mai ucciso nessuno!” urlò Remy sentendo lo sguardo di tutti su di lui. “Gesù! Cosa pensate tutti di me?” chiese prima di alzarsi e uscire fuori sbattendo la porta.

Guardai Hil e Cali mentre anch'essi mi guardavano. Remy aveva ragione. Lo stavamo pensando tutti.

"Suppongo che dovrei parlargli," disse Hil con apprensione.

"No. Lo farò io," dissi, sperando che il tempo che avevamo trascorso insieme avrebbe reso la conversazione più facile.

Uscendo dalla cucina e dal bed and breakfast, notai Remy seduto nella sua auto. Mi aspettavo che se ne andasse, ma non lo fece. Rimase soltanto seduto lì al volante. Così, mi unii a lui.

"Era molto più facile far credere le persone quando non mi importava un fico secco," Remy si lasciò sfuggire quando chiusi la porta.

Mi spostai sul sedile per affrontarlo e misi una mano sul suo ginocchio.

"Com'è stato crescere come hai fatto? Non dev'essere stato facile."

"Nostro padre si preoccupava della sua famiglia. Non ho mai messo in dubbio il suo amore per noi. Lo diceva costantemente. Ma, mio padre non era un brav'uomo. Ç'ho visto fare cose ad altre persone per le quali brucerebbe all'inferno se esistesse."

"Tipo?" domandai esitante.

"Non devi saperlo."

"Hai ragione. Non lo voglio. Preferirei pensare a tuo padre come l'uomo che trattava bene mia madre e pagava il mio college. Non è mai stato altro che gentile con me e mi piacerebbe credere che fosse chi era.”

“E così dovresti ricordarlo.”

“No, non dovrebbe.”

“Perché no? Ora è passato a miglior vita. Cosa importa?”

“Importa perché non dovresti dover portare da solo il peso di ciò che hai visto.”

Remy mi guardò con tenerezza. “Non potresti sopportarlo. Le cose che ho visto …”

“Sai, non sono indifesa come le persone pensano che io sia. Sono abbastanza forte.”

Remy sorrise. “So che lo sei. Sei la persona più forte che conosco. Ma hai le tue grane. Almeno io ho avuto un padre, per quanto fosse pazzo. Tu hai dovuto crescere da sola.”

“Ho avuto mia madre,” risposi rapidamente, sentendomi sulla difensiva.

“Già, ma so che ha lavorato molto. Trascorreva più tempo con la nostra famiglia che con te,” disse sommessamente.

Questo mi rese silenziosa. Non aveva torto. E forse era per quello che avevo iniziato a guardare mio padre dall’altra parte della strada.

“Hai ragione. Per un po’, ho avuto l’impressione di crescere da sola. Ma tu sei cresciuto con una madre e un padre a tempo pieno. Hai meno bagaglio emotivo di me?”

Remy guardò in basso pensieroso.

"Forse no. Guarda, non volevo dire niente …"

"Non l'hai fatto," dissi, sapendo che era così. "Sto solo cercando di dirti che voglio starti vicino. Voglio aiutarti a portare qualunque cosa ti stia pesando. Sono abbastanza forte. Posso sopportarlo. E non voglio che ti senta solo. Non quando io sono qui," dissi, stringendogli il ginocchio.

Remy mi guardò. Quando prese la sua decisione, disse, "Una volta ho visto mio padre amputare un uomo."

"Cosa intendi?"

"Dico che ha iniziato tagliando ogni dito con un cespo da potatura prima di passare ai suoi arti con una sega a mano."

Shock e nausea mi attraversarono. "Non capisco. Perché?"

"Aveva delle informazioni che mio padre voleva e non le stava rivelando."

"E gli ha tagliato gli arti solo per ottenerle?"

"E mi ha fatto anche guardare," ammise Remy, con dolore negli occhi.

"Cosa dici?"

"Non ero solo io. Era tutta la sua cricca. Penso che volesse mostrare a tutti cosa sarebbe successo se qualcuno di loro lo avesse mai tradito."

Dovetti rafforzarmi mente cercavo di digerire quell'informazione.

"Stai bene?" chiese Remy, questa volta toccando il mio ginocchio.

"Dammi un secondo," gli dissi onestamente.

E lo fece. Mi diede il tempo di iniziare a elaborare ciò che avevo sentito.

"Allora, vedi, quando Hil o tu pensate che io sia come mio padre, significa qualcosa di un po' diverso per me."

"Credo di capire," dissi con compassione. Mi fermai un momento. "Spero che sia la peggiore cosa che hai visto fare a tuo padre?"

Remy rise. "Perché non ci fermiamo qui per oggi? Stiamo parlando di una vita di fatti. Io ho avuto il tempo di digerire tutto. Per te potrebbe essere un po' troppo sentire tutto in una volta."

È giusto," dissi sollevata che non avrei dovuto sentire altro.

Remy si girò e fissò l'edificio colorato in stile coloniale di fronte a noi.

"A cosa stai pensando?" domandai, temendo ciò che avrei sentito.

"Hai fatto bene. Parlarti mi ha aiutato." Si girò verso di me. "È tanto, lo sai. Ma mi sento un po' più leggero," disse con un sorriso.

"Sono contenta," dissi, fingendo entusiasmo.

"Non avrei dovuto dirtelo, vero? Ti ho traumatizzata," disse con rammarico.

"No," replicai prima di abbassare la testa sapendo che era una bugia. "Voglio dire. Sì, è molto. Ma è questo che significa condividere il fardello. Significa che nessuna persona deve portare tutto. Condividiamo il carico. E io sono abbastanza forte. Posso sopportarlo. Anche se, potrei non essere ancora pronta a tornare dentro," dissi forzandomi a sorridere.

Fissandomi per un attimo, Remy girò la chiave e fece partire l'auto.

"Dove stiamo andando?"

"Penso che possiamo prenderci il resto della giornata libera. Ci sono un paio di posti qui intorno che avevo notato quando stavo pianificando su come liberare Hil."

"Ti riferisci a quando era stata rapita?"

"Più o meno."

"Non è la stessa cosa."

"Eh," disse Remy con un sorriso, e poi rimase in silenzio.

Guidammo più o meno per trenta chilometri e alla fine ci fermammo ai margini della strada.

"Dove siamo?" dissi guardando attraverso il parabrezza un mare di alberi di fronte a noi.

"Sai che in questa zona ci sono più cascate che in qualsiasi altra parte del paese?"

Mi girai verso Remy sorpresa. "Come fai a saperlo?"

"Ho dovuto passare giorni qui aspettando il momento migliore per avvicinarmi a Hil. Avevo molto tempo a disposizione."

"Allora ti sei documentato sulla città?"

"Ho fatto una ricerca su Google."

"E poi cosa hai fatto? Sei andato a fare un'escursione?"

"Dal tuo tono mi sembra che tu non capisca quanto giravo per far passare il tempo."

Mi appoggiai indietro nel sedile e ci pensai.

"Quindi, dopo che Hil ti ha scoperto parcheggiato fuori da casa sua, cosa hai fatto?"

Remy ci pensò. "Probabilmente sono andato a fare colazione al diner. Potrei aver fatto una delle escursioni che avevo segnato nell'app."

"Hai un'app per le escursioni?"

"L'ho scaricata quando ero qui. Ci sono molte escursioni in questa zona."

"Quindi, voglio capire bene. Dopo aver fatto pensare a Hil che qualcuno era lì per ucciderla, sei andato a fare una passeggiata nella natura?"

"Innanzitutto, c'era qualcuno qui che voleva ucciderla e non ero io. In secondo luogo, non sai quanto sono splendidi questi sentieri. Te li mostro. Vieni, andiamo," disse, dandomi una pacca sulla gamba e poi uscendo dalla macchina.

Seguendo Remy nel bosco, dovetti ammettere che aveva ragione. Avevo resistito a tutto ciò quando Hil lo aveva suggerito perché temo gli insetti. Ma, non avevo mai visto un luogo così bello in vita mia.

Gli alberi rigogliosi che sembravano andare avanti all'infinito, il ruscello che attraversammo diverse volte, mi calmavano. E quando, dopo un chilometro, arrivammo a un laghetto alimentato da una cascata, ero pronta a sedermi e ad assaporare tutto.

"Non pensavo esistessero luoghi del genere," ammisi, sopraffatta da tutto.

"Ho pensato anch'io la stessa cosa."

"Ma prendi continuamente in giro Cali perché è di queste parti."

"Oh, il fatto che sia di un posto bellissimo non impedisce che lui sia un montanaro. Le due cose possono coesistere," disse Remy con un sorriso malizioso.

Non volevo farlo, ma mi venne da ridere.

"Cali è un bravo ragazzo," precisai.

"Lo so, lo so. È perfetto. Non ha mai dovuto vedere suo padre fare a pezzi una persona. Capisco. È meglio di me."

"Non è migliore di te. Non è così cattivo come lo fai sembrare. Sai che potrebbe diventare tuo cognato, vero?"

"E sarei felice che lo diventasse. Dovrò inventare qualche altra battuta sui montanari per il mio repertorio. Ma è quello che si fa per la famiglia," disse con un ghigno prima di sbottonarsi la camicia.

"Cosa stai facendo?"

"Pensavi che ti avessi portato qui per farti vedere gli alberi? Siamo qui per spogliarti," disse con un sorriso malizioso.

Risi, non sapendo se facesse sul serio. Poi capii che faceva davvero sul serio. Guardai Remy spogliarsi completamente e poi tuffarsi a capofitto nell'acqua. Rimasi stupita.

"Vieni, l'acqua è perfetta."

Guardai tutto attorno a noi, chiedendomi se Remy avesse perso la testa.

"Stai scherzando? Siamo in mezzo al nulla. Potrebbe mangiarci un orso o qualcosa del genere."

"Credo tu abbia trascurato la parte più importante di quello che hai appena detto. Siamo in mezzo al nulla. Non c'è nessuno nei paraggi per chilometri," disse facendo il bagno.

"Giusto, quindi non ci sarà nessuno a sentirmi gridare."

"Esatto. Non c'è nessuno nei paraggi per sentirti gridare," disse, finalmente, avendo l'ultima parola.

Il mio cuore batteva forte mentre guardavo l'uomo che avevo desiderato per tutta la mia vita. Era bellissimo. Con le sue guance affilate e il mascellare scolpito, sembrava creato con il marmo.

"Vieni con me?" chiese Remy in modo seduttivo.

"Non dovrei," dissi sentendomi confusa.

"Ma lo farai? Mi piacerebbe tantissimo se lo facessi," disse con fascino

Gli occhi infuocati di Remy s'incollarono ai miei. Era come se non avessi più il controllo. Sentivo il bisogno di raggiungerlo. Dovevo stare vicino a lui. Così, mi alzai, mi tolsi i vestiti e lo raggiunsi.

"Questa acqua non è perfetta. È gelida!" esclamai quando riemersi.

"Lascia che ti scaldi io," disse Remy tirandomi a sé.

Trovando un posto in cui poteva stare in piedi, Remy mi attirò tra le sue braccia. La sua pelle nuda premeva contro la mia. Potevo sentire tutta la sua virilità, il suo petto tornito, il suo addome piatto, e il suo membro sempre più eretto.

"Io, beh, non voglio farti una brutta impressione," gli dissi mentre iniziavo a perdere il mio autocontrollo.

"E quale impressione sarebbe?" disse con le sue labbra così vicine al mio orecchio da sentire il suo alito caldo.

"Che voglia che succeda qualcosa tra noi."

"Non farei mai più di quello che tu non vuoi che io faccia. Tu cosa vuoi, Dillon?" Mi chiese, mandandomi dei brividi lungo la schiena.

In un lampo, mi sentii eccitata.

"Cosa vuoi che io faccia, Dillon?"

Se non fossimo stati nell'acqua fredda, avrei sudato.

"Voglio che tu…"

"Che cosa?"

"Mi baci," dissi tremando.

Appoggiando la sua guancia contro la mia, i nostri menti si toccarono. Fu sufficiente perché lui avvicinasse le sue labbra alle mie. Sentendo la sua pelle calda spingere contro la mia, non reagii. Non sapevo perché, ma provavo vergogna. Era come se fosse la mia prima volta. E senza che glielo chiedessi, lui divenne il mio insegnante disponibile.

Aprendomi delicatamente le labbra, sentii la sua lingua toccare la mia. Mi fece brillare il cervello. Strusciando e spingendola contro la mia la invitò ad unirsi alla sua. Quando le nostre lingue iniziarono a danzare la sua prepotenza su di me divenne evidente. Ero sua e poteva fare di me qualsiasi cosa, e io lo volevo tutto.

Perdendomi nel nostro bacio, fui risvegliata al contatto del suo sesso duro contro di me. Mi privò della volontà. Quando la sua mano mi strinse il sedere, il mio cuore accelerò. Necessitando di più, ondeggiai sui fianchi cercando di avvicinarmi a lui.

"Cos'altro vuoi che faccia?" mi chiese sussurrandomi nell'orecchio.

Non risposi.

Premette il suo sesso contro di me, riempiendomi di desiderio.

"Dì cosa vuoi," insistette abbattendo la mia resistenza.

"Voglio…"

"Cosa vuoi?"

"Voglio…" Iniziai di nuovo, immediatamente inebriata dal pensiero.

"Dimmelo," mi ordinò lui. "Voglio sentirtelo dire."

"Ti voglio," dissi sapendo che era vero.

Immediatamente sollevandomi tra le sue braccia, mi aggrappai a lui. Con le mie braccia intorno al suo collo, la mia timidezza svanì. Mentre ci dirigevamo verso la cascata, io baciai sulle sue labbra. Non sapevo dove mi stesse portando, ma finché ero con lui, non mi importava.

Entrando nella cascata, l'acqua ci avvolse. Era un'emozione intensa. Mentre eravamo lì potevo sentire la punta del suo sesso sfiorare le mie cosce. Cercava la mia apertura e io lo volevo dentro. Quando ci arrivò, distesi le gambe sentendo la sua punta che premeva contro di me. Mi mandava fuori di testa.

Desiderando di più, muovevo il bacino cercando di farlo penetrare in me. Sentivo solo la pressione. Consentendo alla mia piena statura di sedere sul suo sesso, imploravo silenziosamente di sentirlo entrare. Non lo fece. Era l'acqua. C'era troppa frizione.

Fu allora che, con il sedere ancora cullato nel suo braccio, passammo dietro la cascata. L'eco degli schizzi mi fece capire che eravamo in una grotta. Il laghetto era più basso lì.

Portandomi fuori dall'acqua, Remy mi posizionò sul terreno morbido della riva. Non volendo interrompere il nostro bacio, mi aggrappai a lui più a lungo che potevo. Non fu molto. E una volta interrotto il flusso, afferrò la parte posteriore delle mie ginocchia e sollevò i miei fianchi in aria.

Il sentire la lingua di Remy sulla mia intimità era elettrizzante. Non avevo mai provato nulla del genere. Agitandomi al suo contatto, la mia apertura si aprì per lui. E quando la punta della sua lingua solleticò l'interno della mia vagina umida, entrambi sapevamo che ero pronta.

Scivolando lungo il mio corpo, appoggiò il mio tallone sulla sua spalla, abbassandosi per baciarmi le labbra. La sua lingua entrò nuovamente nella mia bocca. Era gradita.

Mentre separava le mie labbra, la sua testa toccò la mia apertura. Avvolgendo la sua lingua con la mia, la mia mente girava mentre lui spingeva.

Il dolore mi attraversava: le sue dimensioni facevano male fino a quando, con un colpo, fu dentro di me. Le mie parti interne strinsero il suo sesso.

Sentendolo dentro di me, rimasi immobile godendo di ogni suo centimetro. Era talmente bello che avrei potuto piangere. Con il suo inguine contro di me, si ritirò lentamente. Non solo il mio uomo ce l'aveva grosso, ma era anche lungo. Ci mise un'eternità a ritirarsi fino ad uscire da me.

Ma quando lo fece, si riposizionò sopra di me e si inserì di nuovo. Remy stava facendo l'amore con me. Non ero pronta per questo ma non volevo che si fermasse. Mi riempì completamente. I miei occhi si ribaltarono dal piacere. E quando pizzicò i miei capezzoli al ritmo del suo movimento, persi il controllo.

"Ah!" gemetti dicendogli che ero vicina.

"Sì," gemette lui dandomi il permesso di gridare.

"Sì! Sì!"

"Giusto. Voglio sentirlo," disse facendo l'amore con più forza.

"Di più, dammi di più."

Remy mi accontentò immediatamente. Non avevo mai provato un piacere del genere. Se non mi avesse tenuta saldamente, sarei galleggiata via. E quando il formicolio infuocò il mio corpo, danzò attraverso di me facendosi avvertire nel profondo.

"Ci sono quasi, ci sono quasi," urlai mentre le mie dita dei piedi si arricciavano quasi al punto di spezzarsi.

"Ah!" gridai mentre il mio corpo si contraeva dolorosamente per poi rilassarsi in estasi.

Mentre mi lasciavo andare, Remy mi strinse più forte. Non ci mise molto a collassare sopra di me. Era esausto. Così come lo ero io.

Per quanto sentire la sua pelle toccare la mia intimità sensibile mi mandasse in un flusso di scosse, avvolgermi attorno a Remy mi fece rilassare. Tutto era così bello che a malapena riuscivo a pensare lucidamente. Era caldo e confortevole, e non c'era nessun altro posto al mondo in cui avrei voluto stare. Volevo che non finisse mai.

"Ti amo," Remy sussurrò nel mio orecchio.

"Anch'io ti amo," gli sussurrai in risposta.

"Non voglio mai più stare lontano da te," disse con un'emozione straziante.

"Sei l'unico ragazzo che ho sempre voluto," gli dissi sapendo che non avrei potuto lasciarlo anche se avessi provato.

Sembrava che avessimo trascorso lì un'eternità, ma alla fine, dovemmo alzarci. Sapendo che dovevamo lavarci, tornammo nel laghetto freddo. Facendo la doccia sotto la cascata, non riuscivo a distogliere lo sguardo da Remy. Doveva essere l'uomo più bello del mondo ed era mio. Ero disposta a combattere a morte per lui. Remy era diventato tutto per me.

Tornando al bed and breakfast ore dopo la nostra partenza, trovammo Cali e Hil sul retro a parlare con due ragazzi.

"Questi sono i miei fratelli, Titus e Claudee," disse Cali a nostra sorpresa.

Non era che non somigliassero a lui. Gli assomigliavano. Soltanto che Claudee era di colore ed era più scuro di me.

Cercando di nuovo la somiglianza familiare, era inconfondibile. Quando sorridevano, le loro fossette crateriformi divoravano il loro volto. Mio Dio, quanto erano belli.

"Stavo pensando che potrebbero aiutarci con quella cosa su cui stavi lavorando," disse Cali, sorprendendo Remy.

"Cosa te lo fa pensare?" rispose Remy con il sorriso che usava per nascondere la rabbia.

"Mi hanno aiutato a proteggere Hil quando…"

"Quando sono venuto a prenderla?"

"Quando siamo stati quasi uccisi da una bomba," disse Cali, seccato.

"Giusto. E ti sono grato per questo. Ma sono sicuro che questi signori hanno cose migliori da fare che… aiutarmi a traslocare," disse Remy, parlando in codice.

"Questi sono i miei fratelli. Se chiedessi loro di "aiutarti a traslocare," lo farebbero. E penserei che dovresti esserne grato perché abbiamo bisogno di aiuto."

"Non abbiamo bisogno di aiuto."

"Pensi che noi quattro possiamo farcela?" disse Cali, prendendo in giro Remy.

"Certo che no," disse Remy sulla difensiva. "Per questo si assumono professionisti."

“Professionisti… per aiutarti a traslocare?”

“Sì.”

“Conosci professionisti che potrebbero aiutarti a traslocare?”

Remy stava per sfoderare il suo fascino per chiudere la conversazione quando si bloccò. Il suo fascino se n’era andato.

“Li conosco,” disse Remy, sorpreso.

Poi si girò verso di me.

“Conosco qualcuno che ci potrebbe aiutare,” disse illuminandosi.

“Davvero? Chi?” chiesi non aspettandomi quello che sarebbe avvenuto poi.

Capitolo 13

Remy

Attraversai le porte del centro comunitario, impressionato dal vortice di attività all'interno. Bambini correvano da una stanza all'altra mentre i volontari facevano da tutor, cuocevano pasti e distribuivano donazioni. Dillon aveva creato qualcosa di incredibile qui.

I miei occhi esaminarono la folla finché non si posarono su di lei. Trovandola, mi mancò un battito. Era difficile credere che finalmente fosse mia. L'unica cosa che ancora ci separava era Armand e il toglierlo di mezzo era l'obiettivo della giornata.

"Ciao bello," disse Dillon, avvicinandosi con quel timido sorriso che mi faceva sciogliere.

"Questo posto sembra fantastico. Hai davvero costruito qualcosa di speciale qui," le dissi sinceramente.

Le guance di Dillon arrossirono al complimento. "Lo abbiamo fatto entrambi. Nulla di tutto questo sarebbe accaduto senza di te."

Stavo per protestare, ma mi fermai. Dillon aveva ragione: il mio ruolo in tutto questo non poteva essere negato. Ma erano stati il suo cuore e la sua visione a portare in vita quel posto.

"Ci sono tutti?" chiesi, cambiando argomento.

Fece un cenno con la testa. "Quasi tutti. Ti stanno aspettando nel mio ufficio. Ti avviso, Cali è un po' più teso del solito."

"E cosa gli hai detto?" aggiunsi scherzando.

"Niente!" dichiarò con i suoi bellissimi occhi color cioccolato che mi privavano delle difese.

"Non hai mica accennato a banjos duellanti, giusto? Perché la voglio tenere per me quella."

"Non capisco il riferimento," disse Dillon guardandomi confusa.

"C'è una scena in un film classico chiamato 'Il dritto di Chicago' dove due tizi sequestrano un ragazzo e gli dicono di grugnire come un maiale. Grugnisci come un maiale! Grugnisci come un maiale!" recitai con il mio miglior accento campagnolo.

"Remy, l'unico motivo per cui lui è qui è per darci una mano. Puoi almeno essere gentile con lui dal momento che rischia la vita per noi?"

Abbassai la testa sapendo che l'amore della mia vita aveva ragione. "Quando si tratta di Cali, non posso fare a meno di prenderlo in giro."

"Prova. Per me. Per favore," Dillon implorò, facendo in modo che avrei dovuto accettare.

"Qualunque cosa per te," le dissi prima di afferrarla per le spalle e baciarla. Era passato troppo tempo da quando l'avevo fatto.

"Dobbiamo proprio farlo?" chiese Dillon quando la lasciai.

"Non c'è tempo migliore," le dissi prima di condurla al suo ufficio.

Entrando, guardai in giro. Cali camminava avanti e indietro nervosamente mentre Hil e l'amico dell'FBI di Dillon, Jimmy, erano seduti sul divano.

"Dove è il tuo amico professionista?" chiese Hil vedendomi da solo.

"Eh, dov'è questo genio del crimine di cui ti vanti tanto," sbottò Cali.

I miei occhi si diressero verso Jimmy.

"Genio del crimine ai giochi da tavolo, intendi," precisai.

"Giochi da tavolo?" chiese Cali non capendo perché lo avessi detto.

"Sì. È quello che ti ho detto, ricordi. Non c'è nessuno che conosco che possa batterlo a 'Cluedo'"

"Di cosa stai parlando?" mi chiese confuso.

Jimmy interruppe Cali: "Guarda, non mi interessa a quale gioco è bravo. L'unico interrogativo è, può aiutarci a mettere Armand nei guai?"

"È questa la posizione ufficiale dell'FBI?" chiesi teso.

"Oh," disse Cali prima di riprendere a passeggiare.

"Tutto ciò che importa all'Ufficio è mettere il boss criminale più grande di New York dietro le sbarre."

Cali si fermò guardando silenziosamente Jimmy.

Risposi, "Bene. Ricordiamoci di questo," giusto in tempo per l'arrivo del mio jolly.

"Scusate se sono in ritardo," disse Lucien con accento francese attirando la nostra attenzione. "È stato difficile trovare un parcheggio che non includesse l'essere ucciso," scherzò con un sorriso.

Mio cugino entrò e si guardò attorno. "Ah, gli americani," disse, subito sminuendo la nostra variopinta combriccola.

"Chi diavolo è questo?" ringhiò Cali, odiando subito tutto di lui.

Sorrisi. "Il più grande maestro del gioco che tu incontrerai mai."

Lucien alzò un sopracciglio. "Cos'è questa storia del maestro del gioco?"

"Lucien, vorrei presentarti Jimmy. Lui lavora per l'FBI."

Un lampo di realizzazione attraversò il volto di mio cugino. "Ah! Maestro del gioco, come, video games? Sì. Certo," disse stringendo la mano a Jimmy.

Jimmy ci guardò, per niente impressionato dalla nostra messinscena. "Dobbiamo iniziare?"

"Sì, dovremmo," disse Lucien accomodandosi vicino a me. "E cosa dobbiamo fare, allora?"

Jimmy mi guardò, seccato. "Non lo sa?"

"Certo che no," disse Cali ricominciando a passeggiare con ancora più tensione.

"Lo sa!" precisai. "Ma, lo dirò di nuovo, così siamo tutti sulla stessa lunghezza d'onda. Siamo qui per rubare dei libri ad Armand."

"Libri?" chiese Lucien confuso.

"Registri contabili," aggiunse Jimmy. "Una fonte dell'FBI ci dice che tiene due set di registrazioni finanziarie. Uno è accurato. L'altro è per l'IRS. Se riusciamo a mettere le mani su entrambi, possiamo farlo finire dentro per evasione fiscale."

Hil sbottò in una risata. "Dopo tutto quello che ha fatto, andrà al tappeto per evasione fiscale?"

"A meno che tu non possa trovarci un elenco di tutti quelli che ha ucciso e le armi omicide che ha usato, l'evasione fiscale è l'unica cosa che abbiamo," disse Jimmy a Hil.

"E allora evasione fiscale sia," dissi con un sorriso. "Ma, il problema è che non sappiamo dove tenga i registri."

"In realtà noi sappiamo dove li tiene," Jimmy mi corresse. "Sono nella sua cassaforte. Non sta mai lontano da loro per più di otto ore."

"Ciò ci aiuta," mi resi conto.

"Se consideri di aiuto il fatto che sono sempre protetti da guardie armate," chiarì Jimmy.

"Me le ricordo," disse Cali ricordando la sua ferita da proiettile.

"Ce le ricordiamo tutti," aggiunse Hil.

Jimmy si girò intorno confuso.

"Abbiamo tutti avuto a che fare con Armand prima," dissi a Jimmy.

"Capisco. E ora stai per sposare sua figlia?"

"Se riesco a evitarlo non lo farò," gli dissi prendendo la mano di Dillon.

Gli occhi di Jimmy si spostarono velocemente dalle nostre dita intrecciate ai miei occhi, mostrando di comprendere. Anche Lucien fece lo stesso.

"Ho capito," disse Jimmy a Dillon come se stesse mettendo insieme i pezzi.

"Infatti," confermò Dillon.

"E adesso cosa facciamo?" Jimmy chiese a tutti.

Ci guardammo tutti l'un l'altro fino a quando i nostri occhi si fermarono su Lucien che era perso nei suoi pensieri.

"Non fate caso a me. Continuate," disse Lucien in tono di sufficienza.

"C'è qualcosa che vuoi condividere con il gruppo?" chiesi a mio cugino con apprensione.

"Riguardo a ciò? No. Riguardo alla preparazione della festa di fidanzamento di mio cugino, forse," disse con un sorrisino.

"Festa di fidanzamento?"

"Non penserai che il tuo testimone lascerebbe passare questa occasione così importante senza organizzarti una festa di fidanzamento, vero?" Mi chiese, offeso.

Stavo per spiegargli che non avevo intenzione di sposarmi, ma lui continuò.

"L'unico problema è che sono in visita dalla Francia. Per il numero di persone che la famiglia della sposa vorrebbe invitare, non riuscirei mai a trovare abbastanza spazio. Poi c'è la sicurezza. Se solo qualcuno avesse un luogo adatto dove potremmo organizzare una festa," concluse con un sorrisino complice.

Jimmy fissò Lucien. "Potrebbe funzionare," disse sorpreso.

"Geniale!" dissi iniziando a credere che potevamo farcela.

"Come si dice "maestro del gioco"?" scherzò Lucien.

"Vabbè," disse Cali finalmente rilassato abbastanza da mettersi a sedere.

"Suppongo che mi dirai dove sei stato per l'ultima settimana e mezzo," Eris mi chiese mentre ci sedevamo l'uno di fronte all'altra al Le Bernardin.

Presi il mio drink e ne bevvi un sorso. "Se solo avessi il tempo," risposi facendo in modo che capisse il riferimento.

"Vedo che ti sei liberato dell'orologio."

"Non mi piaceva la traccia che lasciava," dissi toccandomi il polso.

Eris mi guardò con una certa consapevolezza. "Potrei negare di sapere di cosa stai parlando."

"Potresti, ma perché insultare l'intelligenza di entrambi?"

"Non sono stata io a decidere," disse Eris a bassa voce.

"Davvero?" dissi dubitando.

"Pensi davvero che io sappia qualcosa su come inserire un localizzatore in un orologio trasparente?"

"No. Ma sono sicuro che potresti trovare qualcuno che saprebbe farlo."

Eris non rispose. Guardando altrove con senso di colpa, si girò di nuovo più decisa.

"Remy, perché dobbiamo essere su fronti opposti?"

"Perché quello che vuoi tu non è quello che voglio io, e tu sei una psicopatica."

"Non lo sono," disse vulnerabile.

"E questo sicuramente non è quello che direbbe un psicopatico," dissi prendendo un altro sorso.

"Guarda, Remy, voglio sposarti tanto quanto tu vuoi sposare me," disse lasciando cadere la maschera.

"Se è così, terminiamola. Andiamo via, dimentichiamo tutto."

"Allora, preferiresti che mio padre uccida tutte le persone che conosci?"

"Hai ragione. Di sicuro non sei una psicopatica. Cosa stavo pensando?"

"Sbaglio? Vedi uno scenario in cui mio padre sceglie di abbandonare tutto questo e ti lascia i tuoi affari e la tua vita? Dimmi, ti sembra possibile? Pensi che succeda una cosa del genere?"

Ci pensai. Aveva ragione e io lo sapevo.

"Ecco cosa pensavo. E vedi uno scenario in cui non vengo data in sposa a qualche principe stronzo a cui non importa nulla di me?"

Pensai anche a quello.

"Quindi, quello che faccio, lo faccio per sopravvivere. E mi dispiace che tu sia capitato ad essere la migliore delle mie opzioni davvero orribili, ma lo sei. Quindi, dovrai conviverci, e lo farai senza farmi sentire una merda per il resto della mia vita.

"Anche io merito la felicità, lo sai. E se ci provi davvero, forse non sarà quello che ognuno di noi vuole, ma forse c'è un modo che ci permetterà di essere felici," disse sinceramente.

Abbassai la testa considerando quello che aveva detto. Non aveva torto. Era nella stessa situazione di merda in cui mi trovavo io. Eravamo entrambi intrappolati. Non c'era modo di negarlo.

Sospirai in segno di resa.

"È un po' per questo motivo che ti ho portata qui."

"Cosa?" Eris chiese confusa.

"Hai chiesto dove sono stato negli ultimi giorni. Era un posto dove potevo mettere in ordine i miei pensieri. Hai ragione. Hai sempre avuto ragione. Tuo padre non se ne andrà. Che mi piaccia o no, questa è la mia nuova realtà. O la accetto o muoio combattendo. E come te, sono un sopravvissuto."

"Allora, cosa significa?" chiese con apprensione.

"Significa che hai vinto. Non combatterò più. C'è un modo lì dentro per me, di essere felice e lo prenderò."

"Davvero?" chiese con sospetto.

"Sì," dissi arrendevole.

"Bene," rispose Eris dubbiosa.

"È quello che è." Mi voltai verso la porta. "Ah, a proposito, c'è qualcuno che voglio che tu incontri."

Chiamai con un gesto Lucien.

"Chi è?"

"È Lucien. Sarà il mio testimone di nozze."

Alzandomi mentre Lucien si avvicinava al tavolo, lo baciai su entrambe le guance e gli indicai una sedia.

"Eris, questo è mio cugino, Lucien. Lucien, questa è la mia fidanzata, Eris." Disse prendendo posto.

Lucien la guardò come se avesse appena visto Cristo.

"Remy, non mi avevi detto di quanto fosse bella."

Eris, incantata dal mio affascinante cugino, si sciolse nel suo sguardo.

"Lui tende a dimenticarlo," disse offrendogli la mano.

Dopo che lui la baciò come fosse il Papa, dissi, "Ok, basta così."

Lucien mi guardò. "Sento un po' di gelosia?"

Mi rivolsi a Eris. "Non fare caso a quello che dice. Ha sempre avuto un debole per tutto ciò che è mio."

"Dunque, sono tua?" chiese Eris, intrigata.

"Lo sarai," risposi.

"Capisco," disse divertita. "L'ultima volta che ho controllato, non ero di nessuno, ed è un piacere conoscerti, Lucien," disse con un sorriso.

"Il piacere è tutto mio."

"Bene!" dissi interrompendo qualunque cosa stesse succedendo.

"Sei geloso! Chi avrebbe mai pensato che sarebbe bastato così poco?" disse Eris con una risata.

“Beh, come ho detto, vedo un percorso verso la felicità, e sono disposto a fare quello che serve per difenderlo.”

“Mi piace questo tuo nuovo atteggiamento,” disse compiaciuta Eris. “E, se le cose tra noi non dovessero funzionare, forse dovremmo provare in tre.”

“Smettila!” dissi, trattenendo la mia rabbia.

Eris rispose con una risata.

“Remy, rilassati,” disse Lucien. “Sono solo molto felice di conoscere la donna con cui il mio cugino preferito passerà il resto della sua vita.”

“Sì, sono certo tu lo sia.”

“Lo sono,” disse ingenuamente.

“Ad ogni modo,” dissi cambiando argomento. “Ho invitato Lucien oggi perché ha avuto un’idea.”

“Sì,” disse Lucien prendendo la parola. “Pensavo che, visto che Remy si sposerà solo una volta, vorrei organizzargli una festa.”

“Vuoi dire un addio al celibato?” chiese Eris.

“Sì, ma qualcosa di più formale. Un’occasione per farci conoscere meglio le due famiglie.”

“Come una festa di fidanzamento?” confermò Eris.

“Sì! Esattamente. Una festa di fidanzamento.”

Eris mi guardò. “E tu sei d’accordo con questo?”

“Non è un’idea mia.”

Eris mi fissò intensamente.

“Pensi che la tua famiglia verrà?”

“Tu vuoi dire, considerando che tuo padre ha sparato al fidanzato di mio fratello e poi ha rovinato il funerale di mio padre?”

“Cosa hai detto?” chiese Lucien. “Ha rovinato il funerale di tuo padre…”

“Non è niente,” interruppe Eris. “Acqua passata. Questo riguarda l’inizio delle nostre nuove vite insieme. Un nuovo inizio.”

“Sì, un nuovo inizio,” disse entusiasticamente Lucien.

“Cosa ne pensi, Remy? La tua famiglia verrà?”

“Avranno scelta?”

“Certo. Una festa di fidanzamento sarebbe un’occasione di celebrazione. Se ritieni di intravedere un percorso di felicità, credo che questo sia un primo passo.”

Considerai quello che disse Eris: “Non organizzerò una festa di fidanzamento.”

“Non devi. Potremmo affittare un posto,” suggerì Eris.

“Ah!” gemette Lucien. “Voi americani siete così impersonali!”

“Che ne dici della casa di mio padre a Long Island? È grande ma allo stesso tempo intima. E si può camminare sulla spiaggia.”

“Ah, la spiaggia,” disse Lucien interessato. “Sembra una buona idea, no?”

Io finsi di esitare: "Non so se sarei pronto per tutto questo. Sono successe molte cose tra le nostre due famiglie."

"È un motivo in più per farlo. Per favore, Remy, ho superato molte cose e lo sai. Merito questo. Dammi questa opportunità."

Guardai Eris sinceramente. "Hai ragione, te lo meriti. Parlerò con la mia famiglia. Saranno tutti presenti."

"Oh Remy, grazie," disse stringendo la mia mano da oltre la tavola. "Sono così eccitata."

"Anch'io," le dissi prima di rivolgermi a Lucien che mi accolse con un ammiccamento.

Quando la cena finì, dissi a Eris che avrei passato del tempo con Lucien poiché era venuto in città per me e non conosceva nessun altro lì. Per quello che riuscii a capire, accettò la scusa e quindi la usai ogni volta che avevamo bisogno di incontrarci per discutere i piani.

"Ricordami di nuovo come pensiamo di entrare nella cassaforte," richiese Cali, sempre teso.

"Ricordami se entrare nella cassaforte è il tuo compito," controbattei.

"No, ma…"

"Allora perché non ti concentri sulla tua parte del piano e cerchi di non rovinare almeno quella?" ribattei zittendolo.

"Bene, allora la devi ricordare a me," disse Jimmy alzandosi in modo minaccioso. "Considerando che l'FBI sta finanziando questa piccola avventura, penso che l'Agenzia abbia il diritto di saperlo."

I miei occhi saltarono tra Cali e Jimmy che ora erano uniti contro di me. Una parte di me voleva dire a entrambi di andare a farsi friggere, ma dovevo ammettere che i giocattoli di Jimmy erano divertenti.

"Diciamo solo che il lavoro che facevo per mio padre richiedeva abilità uniche."

"Quindi, sei tu che dovrai forzare la cassaforte," chiese Jimmy in modo diretto.

Non fidandomi completamente di lui, non avevo intenzione di rispondere a quella domanda. "Se mi troverò davanti a una cassaforte, questa non mi impedirà di ottenere ciò che voglio."

Il sopracciglio di Jimmy si alzò sospettosamente. "Dovremmo prevedere un piano di riserva in caso di esplosioni?"

"Solo se prevediamo anche di nascondere del C4 nella torta. Faremo un nascondiglio per il C4 nella torta?"

Jimmy guardò Cali, Hil e Lucien. "Lo faremo?"

"No!" risposi infastidito. "Non pensi che di questo avremmo dovuto discutere prima? Pensi che mettere del C4 in una torta sia qualcosa che si inventa dall'oggi al domani, due giorni prima del colpo?"

"Remy, posso parlarti un attimo?" disse Dillon, attirando la mia attenzione.

Mi girai di nuovo verso Jimmy, preferendo continuare a metterlo in ridicolo, ma facevo fatica a non accontentare Dillon.

"Certo," dissi facendo l'occhiolino a Jimmy.

Seguendo Dillon fuori dal suo ufficio e sulla strada, aspettò che la porta si chiudesse prima di rivolgersi a me.

"Remy, cosa stavi facendo là dentro?"

"Hai sentito. Stavo rispondendo a un mucchio di domande idiote."

"No, non stavi rispondendo. Stavi attaccando persone che sono qui solo per aiutarci a costruirci una vita insieme."

"Dillon, mi stanno trattando come se non sapessi quello che sto facendo."

Dillon scosse la testa con tristezza negli occhi. "Remy, ti stanno trattando come se non sapessero quello che stanno facendo. E non lo sanno. La cosa più importante che Cali abbia mai fatto è aiutarti a salvare Hil quando Armand l'ha rapita. E fino ad ora, Jimmy ha solo fatto lavoro d'ufficio. Devi tenere conto di questo quando parli con loro."

"Sì, ma…"

"Niente 'ma'. So che tu e Lucien avete avuto una vita piena di queste cose. Ma nessun altro qui l'ha avuta. Devi considerarlo. Siamo tutti spaventati a morte che qualcosa possa andare storto. Armand ha già sparato una volta a Cali. Sappiamo di cosa è capace. Aiutaci ad avere fiducia nel piano," supplicò Dillon con i suoi dolci occhi marroni spalancati.

Guardando la donna che amavo, mi resi conto di avere un problema. Per il resto della nostra vita insieme, non sarei mai stato in grado di dirle di no. Mi teneva al guinzaglio.

"Hai ragione. Farò quello che posso. Ci siamo ora?" chiesi mentre affettuosamente stringevo le sue spalle.

"Sempre," rispose lei, guardandomi con uno scintillio negli occhi.

Baciandola sotto il lampione, mi ricordai di quanto ero fortunato ad avere una donna come Dillon al mio fianco. Lei era tutto ciò che io non ero. Mi aiutava ad essere la persona che avrei sempre voluto essere.

Rientrando nel centro e nell'ufficio, mi rivolsi a tutti.

"Ok, ripassiamo tutto di nuovo. E continueremo a ripassare fino a quando tutti qui si sentiranno a proprio agio con quello che devono fare," dissi guardando Dillon.

Il sorriso che mi fece in risposta mi sciolse il cuore.

"Domani suggerirò a Eris che lei e io passiamo la notte a casa di Armand per evitare il traffico del sabato pomeriggio verso Long Island. Sapendo che suo padre non sarà lì, non avrà motivo per non accettare. Una volta arrivati, e sono sicuro che Eris stia dormendo, userò questo utilissimo giocattolo," dissi mostrando il rilevatore di metallo che Jimmy aveva fornito dall'FBI.

"Con esso, cercherò nelle pareti della camera da letto e dell'ufficio di Armand la sua cassaforte di metallo, che questo dovrebbe rilevare facilmente. Una volta trovata, la aprirò."

"Ma, i registri non ci saranno ancora," fece notare Jimmy.

"La casa non sarà ancora brulicante di addetti alla sicurezza. Così, se mi ci vuole un po' più di tempo per capire la combinazione, non ci sarà problema."

"Giusto," concordò Jimmy.

"E una volta che l'ho presa, vado a letto. Al mattino, farò colazione con Eris e aspetterò che arrivi il catering."

"È a quel punto che arrivo io," interruppe Dillon.

"Sì. Perché se la squadra di sicurezza di Armand vale il loro sale, prima che arrivi qualcuno, faranno una ricerca di microspie. Non possono farlo una volta che il catering e gli organizzatori iniziano a preparare tutto. Sarà troppo movimentato. Il che significa che tu, Dillon, potrai arrivare come parte della squadra organizzatrice di feste e piantare le microspie e i ripetitori di cui avremo bisogno per comunicare con il furgone di Jimmy che sarà parcheggiato a un poco lontano."

"Non mi sento ancora tranquillo nel non poter venire ad aiutarti se qualcosa va storto", aggiunse Jimmy.

"Cosa potresti fare? Entrare sparando a tutto spiano? Ti ammazzerebbero non appena avessi messo piede sul prato e Armand se la caverebbe con uno schiaffo sulla mano per aver difeso la sua proprietà."

Le mandibole di Jimmy si irrigidirono.

Guardai di nuovo Dillon sentendo la sua voce in testa. Non dovette dire nulla per farmi avvicinare a Jimmy con una mano sulla spalla.

"Guarda, tutto andrà bene. Finché ognuno fa ciò che deve, saremo tutti dentro e fuori prima che Armand si accorga che manca qualcosa. Dopo di che, la tua gente esaminerà il registro per determinarne l'autenticità. Una volta fatto, Armand verrà arrestato e l'FBI lo convincerà a non vendicarsi con nessuno di noi", dissi serrando la mascella, con un po' di dubbi.

"Ti ho detto, non è il primo boss mafioso dell'FBI. Sappiamo quello che stiamo facendo. Non sarà così stupido da venire a cercarti una volta che avremmo finito con lui."

"Spero di no," risposi ancora non fidandomi di lui.

Ripetendo i dettagli del piano fino a quando tutti si sentirono a proprio agio con esso, dissi buona notte e me ne andai con Lucien.

"Sai, lei ti fa bene," disse Lucien mentre tornavamo a casa mia.

"Dillon?"

"Sì, Dillon," rispose divertito. "Ti addolcisce."

"Pensi che abbia bisogno di addolcirmi?"

"Sei notoriamente un po' brusco. Molto fissato su un solo scopo. Non ragioni molto."

"Capisco. Ci sono altre cose che non vanno in me che vorresti menzionare?"

"Sei permaloso?" rispose scherzando.

Risi.

"Se sapessi quello che ho visto… le cose che ho fatto", dissi con un sospiro.

"Tutti abbiamo visto delle cose. Tutti abbiamo fatto cose che non volevamo fare e ora dobbiamo trovare il modo di conviverci. Ma lei, lei calma le tue acque."

"Vero," ammisi.

"La ami?" chiese diventando più personale di quanto non avesse fatto da molto tempo.

"Sì."

"Si vede," disse Lucien con un sorriso. "È una cosa buona."

"Lo è," risposi sapendo di essere fortunato.

"Ora, riguardo questo piano. Pensi davvero che il gruppo ce la farà? Voglio dire, Dillon è fantastica per te, ma potrà davvero mettere le cimici?"

"Dillon se la caverà."

"E quel tizio enorme che sembra sempre sul punto di perdere le staffe, puoi fidarti che farà ciò che deve fare quando arriverà il momento?"

"Lascia che ti dica una cosa su di lui. Non c'è nessuno in quella stanza di cui mi fido di più."

"Anch'io ero in quella stanza."

"Ma tu non hai mai preso un proiettile per me."

La bocca di Lucien si spalancò. "Remy, ti voglio bene, ma…"

"Non preoccuparti. La penso allo stesso modo," dissi con sarcasmo. "Ma quello, Cali, è il tipo con cui vai in battaglia."

"E ne sei sicuro?"

"Scommetterei la mia vita."

"E stai per farlo," mi ricordò Lucien. "Stai scommettendo sulla tua vita di tutti loro."

"La mia vita non è mai stata in mani migliori," dissi rivolgendomi a lui con un sorriso.

"Deve essere bello," disse Lucien voltando lo sguardo verso il parabrezza.

"Lo è," gli dissi prima che entrambi cadessimo nel silenzio.

Il giorno successivo, dopo aver convinto Eris che avremmo dovuto rimanere nella casa sulla spiaggia la notte seguente, mi confrontai con la squadra un'ultima volta prima di andare via.

"Ce la puoi fare, Dillon. Ce la potete fare tutti," le dissi al telefono mentre guidavo per passare a prendere Eris.

"Questo è il momento, vero? O riusciamo a farlo oppure…"

"Non c'è un 'o'. Lo faremo. E una volta fatto, saremo insieme."

"Ti amo, Remy. Devi saperlo."

"Anche io ti amo, Dillon. Ti ho sempre amata e ti amerò sempre," le dissi sinceramente.

Arrivando a casa di Eris, sapevo che il gioco era cominciato.

"Ciao," disse avvicinandosi per un bacio.

Il mio istinto fu quello di girarmi, ma non lo feci. Le permisi di baciarmi sulle labbra. Tutto doveva andare perfettamente quella notte. Non potevamo litigare. Questo significava fare più di quello con cui mi sentivo a mio agio.

"Andremo solo per il fine settimana," le ricordai mentre osservavo le due valigie che lei voleva che portassi giù per tre piani di scale.

"Per questo ho fatto un bagaglio leggero," disse senza una traccia di ironia.

Con l'auto carica e noi in viaggio, ripensai di nuovo al mio piano. Non potevano esserci errori. Non c'era spazio per errori.

Non ero sicura di quello che Armand avrebbe fatto se ci avesse scoperti, ma non l'avrebbe lasciata passare. Ci avrebbe puniti in maniera esemplare. E se fosse stato come mio padre, i soggetti di quell'esempio avrebbero sofferto.

Avendo dei ripensamenti mentre entravo nel vialetto di Armand, la mia determinazione si riaccese quando Eris uscì dalla macchina senza pensare al suo bagaglio. Si aspettava che lo portassi dentro per lei, cosa che avrei fatto. Ma avrei potuto sopportare di svolgere il ruolo di marito ingrato per una ragazza viziata e ricca per il resto della mia vita? No, visto che avevo Dillon ad aspettarmi.

"Le metto qui," dissi depositando le sue valigie fuori dal nostro armadio.

"Se è quello che vuoi," disse posandosi seducente sul letto che avremmo condiviso.

La guardai sapendo cosa sarebbe seguito. Fino a quel momento avevo evitato di fare sesso con lei, ma le mie scuse stavano per finire.

"Hai detto che la cuoca ha lasciato la cena pronta?"

"Sì. Ha detto che dobbiamo soltanto riscaldarla," disse muovendo il seno e mordicchiandoso leggermente il dito.

"Bene, ho una fame da lupi. Vuoi che riscaldi qualcosa anche a te?"

"Ah! Va bene!" disse arrendendosi e cadendo sul letto.

Lasciandola, mi diressi al piano di sotto verso la cucina e mi misi al lavoro. Sapevo cosa la cuoca aveva preparato per Eris perché era la stessa cosa che mangiava ogni sera, un'insalata di cavolo nero condita con petto di pollo alla griglia e frutta mista per dessert.

Aprendo il frigo, quello era ciò che trovai. Prelevando gli alimenti e posizionandoli sull'isola della cucina, mi voltai e estrassi una fialetta dalla tasca.

Versando il suo contenuto sulla frutta in entrambe le ciotole, mescolai velocemente la miscela e rimisi la fialetta vuota in tasca.

"Cosa ci ha fatto la cuoca?" Eris disse entrando in cucina alle mie spalle.

"Indovina," dissi sicuro che l'avrebbe chiesto.

Guardò tutto ciò che era disposto davanti a noi.

"Sono sicura che ti abbia preparato una teglia di lasagne o qualcosa del genere. Guarda nel frigo."

"L'ho fatto," dissi sapendo che la cuoca l'avrebbe fatto se Eris l'avesse chiesto.

"Vabbè. Questo è comunque meglio per te," disse prendendo una bottiglia di vino e dei bicchieri.

"Ne sono certo," risposi sapendo che non avrei mai potuto sopportare una vita così.

Guardandola mangiare, cercavo di non fissarla. Quando ebbe finito l'insalata, passò alla frutta.

"La frutta è davvero dolce," disse fissando la ciotola. "È buona. Mi piace."

"Anche a me," dissi mangiando la mia porzione dopo di lei.

Con il vino che scorreva liberamente, Eris mi volse uno sguardo significativo.

"Pensi che io sia bella?"

La guardai. Non c'era dubbio che lo fosse.

"Sei una delle donne più belle che abbia mai conosciuto," dissi sinceramente.

"Allora perché non vuoi fare sesso con me? È perché sei gay?"

"E se lo fossi?" chiesi fantasticando su un modo per sfuggire.

Eris rise. "Ho sentito delle storie. So che non sei gay. Ma allora cosa c'è?" disse sentendo l'alcool.

"Forse stavo solo aspettando il momento giusto," suggerii riempiendola improvvisamente di speranza.

"E qual è questo momento?"

"Potrebbe essere la notte prima del nostro party di fidanzamento, in una casa al mare tutta per noi."

"Oh sì," disse eccitata.

"Sì," risposi con un sorriso.

"Vorresti baciarmi?" mi chiese con timore.

"Magari," risposi fissandola.

"Allora, perché non lo fai?" chiese timidamente.

"Perché non vieni qui?"

Eris si alzò dal suo sgabello al lato opposto dell'isola della cucina e si piegò immediatamente in avanti.

"Cosa c'è?" chiesi con innocenza.

"Nulla, è solo il mio stomaco," disse prima di raddrizzarsi e provare di nuovo. "Oh," disse facendo una pausa. "Scusa."

L'eritritolo è un alcol zuccherino a zero calorie usato nei dessert per abbassare il loro conteggio calorico. Qualche mese fa aveva provato un nuovo marchio di barrette proteiche che non andava d'accordo con il suo stomaco. L'ingrediente principale? Eritritolo, disponibile anche in forma granulare nel reparto di cucina.

"Cosa c'è, cara? Non ti senti bene?" gridai mentre lavavo i piatti.

"Sto bene. Ti aspetto in camera," gridò in risposta.

"Scommetto che lo farai," mormorai tra me e me.

Steso a letto senza maglietta, aspettavo la mia fidanzata. Quando arrivò, non sembrava sicura come di solito.

"Non sto bene," disse mantenendo le distanze.

"Cosa c'è? Il tuo stomaco?" chiesi con premura.

"Sì."

"È un problema di gas?"

"Non ho problemi di gas," disse difensiva.

"Allora qual è il problema?"

"Niente."

Sorrisi con fare seduttivo. "Allora, perché non vieni da me?"

Fece un passo verso di me e scorreggiò. "Oh!" Era così adorabile che quasi la confusi per un essere umano. Allontanandosi rapidamente, disse, "Stasera no."

"Cosa intendi per 'Stasera no'?"

"Quello che ho detto: stasera no."

"Ma avevo tutti questi piani su quello che ti avrei fatto!"

"Non stasera!"

"Va bene," dissi deluso. "Preferisci avere la camera da letto tutta per te? Ci sono altre stanze in cui posso dormire."

"Sì, fai così."

"In tal caso, vado," le dissi raccogliendo la mia borsa ed uscendo dalla stanza.

Appena fui nel corridoio, la porta della camera si chiuse dietro di me con un'eco. Fu seguita dalla scorreggia più lunga che avessi mai sentito. Per qualche ora sarebbe stata a posto. Quindi avevo fino a quel momento per cercare quello che stavo cercando e fare quello che dovevo fare.

Parcheggiando le mie cose nella terza camera, recuperai il mio rilevatore di casseforti e mi misi al lavoro. Il processo fu noioso, ma ci riuscii. Iniziate le ricerche dalla camera principale, ispezionai ogni centimetro del muro. Finito lì, controllai il bagno.

Sapevo che le probabilità che la cassaforte potesse trovarsi in una di quelle due stanze era bassa, ma era il momento migliore per farlo, mentre l'effetto dell'eritritolo era al suo apice. Quale scusa avrei potuto dare a Eris se mi avesse sorpreso nella camera di Armand, specie considerando che avrei dovuto forzare la serratura per entrare?

Fortunatamente, non dovetti giustificarmi. E se mi avesse trovato nell'ufficio di Armand, avrei sempre potuto dire che stavo cercando un libro per aiutarmi a prendere sonno. Non era una grande scusa, ma avrebbe funzionato.

Aprendo la porta dell'ufficio di Armand al secondo piano, entrai e la chiusi a chiave dietro di me. Da solo, esaminai lo spazio.

I primi posti che controllai furono i quadri appesi al muro. Il dispositivo di Jimmy disse che non c'era niente dietro di essi. Controllai poi la libreria lungo tutto il muro. Niente nemmeno là. Sedendomi sulla sedia della sua scrivania, controllai il suo tavolo. Ancora niente.

Stavo per dichiarare che il dispositivo di Jimmy non funzionava quando notai qualcosa. L'ufficio aveva due bocche d'aria. Una, vicino al soffitto. L'altra, vicino al pavimento.

Di per sé, ciò non significava nulla. I condotti d'aria sul soffitto sono migliori per il raffreddamento, mentre quelli sul pavimento sono migliori per il riscaldamento. Probabilmente non me ne sarei neanche accorto se non avessi appena finito di scandagliare ogni centimetro della camera da letto.

Mettendo il rilevatore di casseforti vicino al condotto d'aria sul pavimento, si attivò immediatamente.

"Trovato!" dissi liberando le mie mani e aprendo la griglia del condotto.

Dietro c'era una cassaforte da muro di tipo consumer. Riconobbi il marchio. Mi era costato un bel po' di soldi qualche anno prima ottenere il codice di recupero. Dovevo ringraziare mio padre per questo. Un giorno, all'improvviso, mi aveva detto che era ora che imparassi a scassinare una cassaforte. Era una competenza che lui aveva, e che si aspettava avessi anch'io.

Il problema era che mi rivelai terribile. Sospettavo che avesse a che fare con la tecnologia migliorata rispetto ai tempi di mio padre, ma lui rifiutava di riconoscere il cambiamento. Quando ne parlavo, diceva che stavo cercando scuse. Quindi, invece di continuare ad sbattere la testa contro il muro, feci ciò che qualsiasi persona intelligente avrebbe fatto, comprai la compagnia che costruiva quelle casaforti.

Fu il mio primo acquisto legittimo. Comprandola, iniziai il mio nuovo percorso. Da loro appresi che ogni compagnia di casseforti incorpora codici di backdoor che possono aprire qualsiasi delle loro casseforti. Lo chiamano failsafe, in caso di emergenza. Ma per il prezzo giusto, poteva essere tuo.

L'unico problema con il marchio di cassaforte di fronte a me ora è che il loro failsafe è lungo 16 cifre. E per assicurarsi che le loro casseforti non vengano facilmente compromesse, includono 49 combinazioni false con quella che funziona. Sembrava si prospettasse una lunga notte.

"Finalmente!" dissi tre ore dopo quando identificai la combinazione corretta.

Aprendo la cassaforte la trovai vuota tranne per circa cinquantamila dollari. Questo mi sorprese.

Crescendo, l'appartamento dei miei mi era sempre apparso come un'esplosione di contanti. Mio padre non riusciva a riciclare abbastanza velocemente i soldi. Cosa faceva Armand di diverso per lasciare solo una somma irrisoria in cassaforte?

Mettendo da parte quell'enigma, presi nota della combinazione e la chiusi. Riportai tutto all'ordine in cui l'avevo trovato quando ero entrato, chiusi di nuovo l'ufficio e mi diressi verso la mia stanza.

A letto, riflettevo su tutto ciò che stava accadendo. Tutto dipendeva dalla correttezza di Jimmy riguardo ad Armand che portava sempre con sé i suoi libri contabili. Se si sbagliava, eravamo tutti spacciati. Come ero arrivato a quel punto? Per tanto tempo avevo vissuto come se non avessi un futuro. Avevo accettato di essere il figlio di mio padre, destinato a seguire le sue sanguinose orme. Poi, però, era accaduto un miracolo: mio padre si era ammalato. Per quanto questo fatto fosse tragico, per la prima volta che avevo intravisto una via d'uscita.

A quel punto Dillon era diventata la mia motivazione. Non avendo oltrepassato alcun confine, potevo ancora diventare un uomo di cui potesse innamorarsi. Era grazie a lei che avevo ideato il mio piano per diventare rispettabile. E stavo per ottenere tutto ciò che avevo sempre desiderato, quando Armand aveva fatto irruzione al funerale di mio padre. Non si sarebbe accontentato solo dell'impero di mio padre. Avrebbe voluto anche il mio.

Questa sarebbe stata la sua rovina. Perché quello che non aveva preso in considerazione era chi sarei diventato con Dillon al mio fianco. Dillon era più che la mia ispirazione. Era il mio faro. Non sapevo chi fossi veramente fino a quando Dillon non me l'aveva dimostrato.

Sì, 'Accetta te stesso e sarai ricompensato' era il detto di mio padre, ma era difficile vederci senza uno specchio. Vedermi attraverso gli occhi di Dillon era lo specchio di cui avevo bisogno.

Non ero ciò che pensavo di essere. Ero qualcuno in grado di provare più che solo lussuria. Ero una persona che aveva bisogno di più che proteggere le persone che ama.

Queste cose erano parte di me, certo. Ma non tutto. Dillon me l'aveva fatto capire. E una volta capito, per la prima volta nella mia vita, compresi che non ero come mio padre. Ero solo suo figlio.

Crescere con mio padre mi aveva plasmato. Ma non mi aveva trasformato in qualcun altro. Potevo ancora essere gentile e meno diffidente. Potevo ancora essere un uomo di cui Dillon potesse innamorarsi.

Reprimendo i miei pensieri, ripassai il piano per l'ultima volta e mi voltai per dormire. Quando mi svegliai la mattina dopo, il sole stava ancora sorgendo. Non potevo aver dormito più di quattro ore e il mio corpo ne risentiva. La mia mente lavorava più lentamente del solito. E considerando che era l'unico strumento di cui avevo bisogno per sopravvivere, quello non era un buon segno.

Cercai di riprendere un po' di sonno ma appena chiusi gli occhi, il piano iniziò a ronzarmi in testa. Dillon sarebbe stata in grado di restare fuori dalla vista mentre piantava le microspie? Cali sarebbe stato in grado di mantenere la calma quando avrebbe guardato negli occhi l'uomo che gli aveva sparato e rapito Hil?

Oltre a questo, dovevo entrare e uscire dall'ufficio di Armand. Il suo team di sicurezza sarebbe stato dappertutto. Questo era il piano di Lucien e mio cugino era certamente un genio. Ma alla luce del giorno e con la mia mente che lavorava a metà della sua capacità, sembrava davvero impossibile. Dovevo fermare tutto prima che qualcuno a me caro potesse soffrire?

Un leggero bussare alla mia camera interruppe i miei pensieri.

"Sì?" chiesi, domandandomi se il personale di casa fosse arrivato presto.

Eris prese ciò come un invito ad entrare. Vestita in un negligé trasparente che mostrava il suo corpo perfetto, attraversò la stanza e salì a letto con me. Rannicchiandosi, avvolse il mio braccio attorno al suo corpo snello.

Non appena lo fece, mi irrigidii. Odiavo che fosse il suo corpo premuto contro il mio invece di quello di

Dillon. Ma rimanemmo insieme in silenzio finché la mia tensione non la fece sussurrare: "Vuoi davvero andare avanti con questa cosa?"

Si riferiva alla nostra festa di fidanzamento. Ma era la domanda che mi stavo facendo sul furto. Sentire il suo corpo al posto di quello di Dillon, aveva risposto alla mia domanda. E sapendo che avrebbe potuto essere così per il resto della mia vita, mi fece sicuro.

"Sì, davvero," risposi, sperando che non potesse percepire la tensione nella mia voce.

Eris sorrise, sembrando contenta della mia risposta.

Più stavo sdraiato accanto a lei, più mi sentivo rinvigorito. Riconcentrato, ripetevo ogni parte del piano nella mia mente.

Puntuale come un orologio, arrivò il team di sicurezza di Armand. Sentendoli mormorare al piano di sotto, io ed Eris ci vestimmo e andammo in cucina. Prendendo delle tazze di caffè, lo bevemmo sul patio posteriore.

Ci volle più di un'ora agli addetti della sicurezza per ispezionare ogni stanza. Mentre lo facevano, li osservai attentamente mentre Eris si perdeva nella vista della piscina e della spiaggia anche oltre.

Quando gli uomini in divisa non trovarono nessuna telecamera o microfono nascosto, si riunirono velocemente e poi andarono via. Fu allora che arrivarono lo staff di cucina e i catering. Discutendo sulla logistica, esplorarono quello spazio tanto attentamente quanto la sicurezza di Armand. Subito dopo, arrivò la squadra degli organizzatori dell'evento.

Appena vidi Dillon nel suo modesto travestimento, il mio cuore palpitò. Non sarebbe stato sufficiente se Eris l'avesse notata. C'era qualcosa di troppo riconoscibile nel modo in cui Dillon si muoveva.

"Ho appena avuto un'idea," dissi attirando l'attenzione di Eris.

"Quale?"

"È la nostra festa di fidanzamento, no?"

"Pare di sì," rispose Eris piccata.

"Dovremmo coordinare quello che indossiamo."

Mi sorprese quanto il volto di Eris si illuminasse.

"Davvero?"

"Siamo una coppia, no?"

"Sì," disse Eris entusiasta. "Vedi, è per questo che ho portato due valigie."

"Ha senso, sei stata brava a pensarci," dissi con un sorriso.

Non poteva essere più soddisfatta di se stessa.

"Dovremmo confrontare quello che abbiamo portato?" chiesi.

"Adesso?"

"Perché no?"

"Okay, andiamo," disse lei felicemente.

"Fammi strada," dissi, incitandola ad alzarsi.

Quando si girò, guardai di nuovo Dillon. Ero preoccupato per lei. Che cosa sarebbe successo se Eris avesse parlato di lei ad Armand e Armand fosse arrivato presto, conoscendo l'aspetto di Dillon?

Metterla pericolo era stato un errore. Niente valeva il rischio della sua sicurezza, ma non c'era nulla che potessi ormai.

La sfilata di abiti proposti da Eris sembrava senza fine. Questo era un bene perché la teneva nella nostra stanza dove certamente non avrebbe incontrato Dillon. Ma, seriamente, quanti vestiti può avere una donna?

Quando non ne potei più e fui sicuro che Dillon fosse andata via in sicurezza, suggerii quello che avremmo dovuto indossare e portai a termine quell'incubo.

"Bene, dammi un po' di tempo per vestirmi."

"Pensavo fossi già vestita," dissi sinceramente.

Eris mi guardò come se fossi un bambino ingenuo. "È la nostra festa di fidanzamento. Devo truccarmi, sciocco."

"Giusto. Allora, ci vediamo là fuori."

"Non se ti vedo io per prima," disse scomparendo nel bagno.

Vestendomi e passando le dita tra i capelli, mi guardai velocemente allo specchio e lasciai la stanza. Mi sentivo sicuro. Mentre scendevo le scale per controllare la cucina, vidi due cose che non avrei voluto vedere.

Attraverso la porta d'ingresso aperta, vidi arrivare Armand. E attraverso la porta di vetro che conduceva al patio sul retro, vidi Dillon che cercava disperatamente di attirare la mia attenzione. Quando la ebbe, mi fece cenno di uscire.

"Dovresti essere già andata," le dissi trascinandola in un angolo appartato del cortile.

"Lo so. Lo so," disse Dillon spaventata.

"Okay, Dillon, calmati. Dimmi cosa sta succedendo."

"È l'attrezzatura. Non funziona. Ho fatto tutto quello che Jimmy mi ha detto di fare quando ho piantato le cimici, ma lui non sta ricevendo nessun segnale."

"Cazzo!" esclamai cercando di capire cosa fare.

Il mio cuore batteva forte. La registrazione di Jimmy era il nostro piano B. Se tutto andava a rotoli, lui avrebbe sentito e chiamato i rinforzi, per quanto potesse essere utile. Era anche una seconda opzione nel caso non fossi riuscito a mettere le mani sui libri contabili. Dovevo portare Armand dove sapevo che era piantata una cimice e parlare di affari. Senza la registrazione, non solo avevamo un solo tentativo, ma se qualcosa andava storto, eravamo da soli.

"Jimmy pensa che i uomini di Armand abbiano messo qualcosa che può interrompere un segnale radio."

"Non ho mai sentito parlare di una cosa del genere," le dissi.

"Nemmeno io. Ma Jimmy dice che esistono. Chi è quella?"

"Chi?" chiesi perso nei miei pensieri.

"Lassù?"

Mi girai verso Dillon e seguii il suo sguardo. Guardando dietro di me vidi un volto alla finestra del secondo piano. La persona ci stava fissando fino a che, rapidamente, si ritirò. Contando le finestre, capii esattamente chi era.

"Merda!"

"Chi era?" chiese Dillon spaventata.

"Eris. Devi andare via di qui alla svelta."

"E la registrazione?"

"Non ne abbiamo bisogno. Mi occuperò io dei libri contabili e me la caverò."

"Ne sei sicuro?"

"Sì. Vai. E sulla via del ritorno, recupera tutte le cimici che hai piantato. Bisogna che nessuno trovi qualcosa e rovini tutto."

"Va bene."

"E, Dillon, una volta che sarai fuori da qui, voglio che tu sia il più lontano possibile da questo posto. Vai in un posto dove nessuno possa trovarti, nemmeno io."

"Perché?" chiese con timore negli occhi.

"Basta che tu lo faccia. Ti contatterò non appena posso. Ma se non hai mie notizie, voglio che tu scompaia e senza voltarti indietro."

"Remy?" disse terrorizzata.

"Per favore, Dillon. Ti amo. E voglio che tu te ne vada."

Mi guardò, esitante. Avrei voluto baciarla. Mi ci volle tutta la forza per non farlo, ma sapevo che non potevo. Troppe cose erano già andate storte.

Lasciando andare Dillon, si tirò più giù il cappello e prese dei dispositivi dai vasi mentre se ne andava. Quella era l'ultima immagine che avrei mai visto di lei? Non potevo pensare a questo adesso. L'unica cosa importante era che uscisse di lì in sicurezza.

Tornando dentro e entrando nel salotto, vidi che Armand non era l'unica persona ad essere arrivata. Parlando con lui in una conversazione animata c'era Lucien. Potevo solo immaginare di cosa stessero parlando. Avendo bisogno di distrarre Armand mentre Dillon scappava, mi avvicinai.

"Il tuo futuro suocero," disse Lucien con eccitazione quando mi avvicinai.

"Sì, ci siamo conosciuti. Lucien, questo è Armand." Mi voltai verso Armand. "Lucien è mio cugino dal lato francese della mia famiglia."

"E il suo testimone di nozze," aggiunse Lucien con entusiasmo.

"Il lato francese della tua famiglia?" chiese Armand guardando Lucien con intenzione. "Ho sentito alcune cose."

"Tutte buone, spero" rispose Lucien. "Eri amico del padre di Remy?"

Armand mi guardò e sorrise. "Eravamo stimati colleghi," disse con aria di sufficienza.

"Ah," disse Lucie, per poi fare una pausa. "Ah!" ripeté come se avesse improvvisamente capito il significato. "Quindi, stai sposando la famiglia di una multinazionale," Lucien mi disse con una mano sulla spalla e dandomi una pacca sulla pancia. "Bravo uomo! Bravo uomo."

"E voi due siete parenti in che modo?" chiese Armand a Lucien.

Mentre Lucien spiegava, sollevai lo sguardo per vedere Dillon farsi strada verso il furgone dell'organizzatore della festa e poi oltre, in strada. Ero sicuro che ci sarebbero stati degli addetti alla sicurezza lungo la strada che portava lì. Ma erano incaricati di impedire alle persone di entrare, non di uscire.

Con Dillon ora al sicuro, rivolsi la mia attenzione all'altra parte del nostro piano. Lucien doveva aver catturato Armand all'ingresso perché sotto al suo braccio c'era una cartella in pelle. Dovevano essere lì che teneva i libri contabili.

"Lucien, posso parlarti un attimo?" chiesi, interrompendo la loro conversazione. Mi girai verso Armand. "Sono questioni da testimoni di nozze."

"Certo", disse Armand girandosi verso le scale. "È stato un piacere conoscerti. Parleremo ancora. Forse esistono modi per far collaborare le nostre due imprese."

"Un'ipotesi intrigante," disse Lucien con un sorriso. "Ci vediamo dopo," disse ad Armand mentre saliva le scale. "È stato interessante," mormorò Lucien quando Armand se ne fu andato.

"Sembra che andiate d'accordo," dissi senza essere impressionato.

"Ho fatto molta pratica a trattare con uomini come lui. Non è difficile capire cosa vogliono sentirsi dire tipi come lui."

"Bene, non vorrai sentire questo. Non solo gli uomini di Armand hanno attivato qualcosa che sta bloccando il segnale radio delle nostre cimici, ma sono quasi certo che Eris mi abbia visto parlare con Dillon."

"Maledizione!"

"Hai proprio ragione."

"Cosa facciamo?"

"Non eri tu il genio?" chiesi sarcasticamente.

"Non hai sentito? Nei videogiochi non in situazioni di merda come questa."

Risposi sorridendo amaramente. "Rinunciamo?"

"Arrenderci? Sei impazzito? Questa situazione di merda non è nemmeno iniziata."

Risi. "Avevo solo bisogno di sentirtelo dire."

"L'ho detto. Ora balliamo."

"Cosa?"

Lucien mosse i piedi guardandomi.

"Oh, tap dance!"

"Sì, questo. Facciamo tap-dance."

Lo guardai con un sorriso. "Allora eccoci."

"Andiamo," mi disse prima di lasciarmi per salutare un ospite che non avevo mai incontrato.

Non ci volle molto perché il salone si riempisse di persone che non conoscevo. Fu un sollievo quando vidi un po' di volti amici. E prima che potessi attraversare la stanza per parlare con loro, Cali aveva già iniziato il suo secondo drink.

"Forse dovresti rallentare un po', campione," dissi guardando intensamente Cali.

"Non chiamarmi campione," rispose con una vivacità che non aveva mai avuto.

"Va bene," dissi guardando Hil preoccupato.

Mia sorella si strinse nelle spalle scusandosi.

"E come stai, mamma?" chiesi baciandola sulla guancia.

"Sono qui. Ti deve bastare," disse seccamente.

"Capito," dissi prendendo il drink dalle mani di Cali e bevendolo.

"Ehi!" esclamò infastidito, prima di lasciarci per andare a prenderne un altro.

"Non credo che dovresti provocarlo oggi," mi disse Hil, aggrottando le sopracciglia.

"O forse dovresti tenere il tuo fidanzato contadinello al guinzaglio."

“Remy!” mi rimproverò mia madre.

“Tranquilla, Mamma. Hil sa che sto solo scherzando. Già oggi è abbastanza difficile senza potersi sfogare un po’.”

Hil si inclinò verso di me. “Dico solo, non è in vena adesso.”

“Chi lo è, sorellina? Chi lo è?” chiesi lasciando le due donne.

Quando Armand di ritornò alla festa a socializzare con gli ospiti, cominciai a cercare un modo per andarmene. Ma ciò che diventava sempre più inquietante era che la mia fidanzata non aveva ancora fatto la sua apparizione. Questo non lasciava presagire nulla di buono. Non c’era modo di negare quanto a Eris piacesse entrare in maniera teatrale, ma era passata più di un’ora da quando mi aveva visto parlare con Dillon. Dovevo credere che la sua assenza non fosse una coincidenza.

“Allora, dove è mia figlia?” mi chiese Armand quando mi trovò da solo.

Lo fissai negli occhi cercando di capire cosa sapesse. Eris gli aveva detto ciò che aveva visto? Aveva già mandato i suoi uomini alla ricerca di Dillon per mettere fine alla sua vita? Stavo per annullare tutto il piano quando Eris cominciò a scendere le scale con aria stanca.

“È proprio lì,” dissi ad Armand puntando l’attenzione su Eris.

Quando tutti si girarono, battei le mani attirando l'applauso di tutti. Eris si fermò, arrossì e salutò tutti.

"Il mio fidanzato," disse indicandomi.

Quando tutti gli occhi furono su di me, mi avvicinai alle scale e presi la mano di Eris. La folla continuò ad applaudire. L'unico a non applaudire era Cali.

Quanti drink si era scolato a quel punto? Ero arrivato a contarne cinque. Questo non era un buon segno, ma potevo affrontare un problema alla volta.

Tenendo la mano di Eris, la guidai nella folla. Io la guardavo, ma lei si rifiutò di ricambiare il mio sguardo. Sì, aveva riconosciuto Dillon. Non c'era dubbio. L'unica domanda ora era quando questa bomba a orologeria sarebbe esplosa.

Parlando con vari politici locali e con alcuni tra gli uomini più importanti di Armand, lasciai Eris avviandomi verso Hil, Cali e mia madre.

"Credo che abbiamo un problema," dissi sotto voce a Hil e Cali.

"Credo che tu abbia un problema," disse Cali non più sobrio.

"È che mia sorella sta con un contadino?" risposi vivacemente.

"Basta con queste minchiate sul contadino," disse Cali attirando l'attenzione delle persone intorno a noi.

"Cali, stai alzando un po' troppo la voce," dissi afferrandogli la spalla per parlargli direttamente.

"Non toccarmi," esclamò spingendomi via la mia mano. "Pensi sempre che tu possa dire e fare quello che vuoi. Beh, ne ho abbastanza," tuonò, praticamente urlando.

"Calmati, Cali!" insistetti sentendo gli occhi di tutti voltarsi verso di noi.

"Perché? Perché lo dici tu? Allora lascia che ti dica una cosa io. Dico che se mi chiami contadino un'altra volta, avremo un problema, qui e ora."

Non potevo credere a quello che stavo sentendo. Guardai Hil divertito. Subito mia sorella capì cosa stava per succedere.

"Non farlo, Remy," supplicò Hil.

Mi girai verso Cali pronto. Pungendolo violentemente al petto dissi, "Ascolta qui, tu contadino bastardo, suonatore di banjo…"

Fu allora che Cali esplose. Mi prese come se pensasse di avere qualche chance contro di me, io infilai la mia mano sotto il suo mento minacciando di aprirlo come un dispenser Pez. Cominciammo ad azzuffarci, finché Lucien non si precipitò vicino a noi dividendoci.

Mentre attendevo il momento giusto per sferrare il mio pugno sulla mascella di Cali, si avvicinò Armand.

"C'è un problema qui?" disse, chiaramente irritato per il fatto che stessimo combattendo nel giorno speciale di sua figlia.

"C'è un problema?" replicò Cali voltandosi verso Armand. "Sì, c'è un cazzo di problema."

"Non farci caso. È solo ubriaco," disse Hil mettendosi tra Cali e Armand.

Cali immediatamente spazzò via Hil e si trovò faccia a faccia con Armand. "Vuoi sapere qual è il cazzo di problema?"

"Ti avverto di stare attento a quello che dirai ora," rispose Armand.

"Cali!" gridò Hil.

"Mi hai sparato. Ecco qual è il cazzo di problema."

Armand sembrò voler spezzare in due Cali.

"Credo sia ora che tu stia zitto," minacciò Armand.

"Guardami negli occhi. Sembro forse spaventato? Ci vedi qualcosa di familiare? Risveglio qualche ricordo in quella tua testa pazza?"

Mentre osservavo Cali perdere il controllo, mi tirai indietro. Il suo compito nel nostro piano era quello di creare una distrazione. Avevamo bisogno che tutti gli occhi fossero su di lui. Si era rifiutato di dirmi come avrebbe fatto, il che mi preoccupava. Ma, l'aveva fatto. Questa era la mia occasione.

Mentre gli uomini di Armand si avvicinavano lentamente a Cali, passai oltre e salii le scale. Avendo il piano tutto per me, mi affrettai verso l'ufficio di Armand. Sbloccando velocemente la serratura, scivolai dentro. Avevo circa trenta secondi prima che gli uomini di Armand trascinassero fuori Cali e dandogli una feroce lezione. Dovevo essere di nuovo al piano di sotto entro quel tempo.

Aprendo il condotto d'aria sul pavimento che rivelava la cassaforte, estrassi il telefono. Recuperando il codice di emergenza, lo inserii. In un istante, la cassaforte si aprì. Trovando i due registri esattamente come Jimmy aveva detto, li tirai fuori e li sfogliai.

Non potevo crederci. Questo era tutto. E proprio mentre stavo per chiuderli, la porta dell'ufficio si aprì e qualcuno entrò.

"Eris?" dissi fissando i suoi occhi freddi e impassibili.

"Cosa stai facendo?" chiese, come se già lo sapesse.

"Non è quello che sembra."

"Sembra che tu, Dillon, tuo cugino e il tuo patetico cognato abbiate organizzato questa festa di fidanzamento per rubare i registri contabili di mio padre."

Guardai giù ai registri nelle mie mani, senza parole.

"Mi crederesti se ti dicessi che mi sono perso per andare in bagno?" dissi cercando di ritrovare il mio sorriso.

"Cretino! Mi avevi fatto credere che ti stessi ravvedendo," disse alzando la voce.

Mi alzai rapidamente e chiusi la porta dietro di lei.

"Ascolta, tu non mi puoi avere. Capisci? Non sono un pezzo di proprietà che tu e Armand potete ordinare a vostro piacere," dissi lasciando perdere qualsiasi tentativo di affascinarla.

"Bene, vedremo cosa ne pensa mio padre," disse prima di cercare di spingermi via per raggiungere la porta.

"Ti sto offrendo una via d'uscita," dissi con voce sonante.

"Cosa?" rispose sorpresa dalla mia rabbia.

"Questi," dissi, alzando i registri. "Questi sono la tua libertà. Tu non vuoi sposarmi. Non mi conosci neanche. Per te, sono solo il migliore di una serie di opzioni tragicamente orribili. Sei qui solo perché, come me, sei intrappolata. Se questi li prendo io, tu avrai la tua libertà.

"Potresti incontrare qualcuno che davvero si preoccupa di te. E potresti avere la vita che desideri tanto. Potresti essere felice.

"Pensa a come sarebbe. Come ti sentiresti se per la prima volta nella tua vita, fossi felice? Dimmi, Eris, come ti sentiresti?"

Eris mi guardò in silenzio. Quel momento si protrasse a lungo, al punto che pensai che tutto fosse perduto.

"Sarebbe bello," disse finalmente, procurandomi un certo sollievo.

“Allora, torna alla festa. Lascia che io prenda questi. E permettimi di dare ad Armand la giustizia che merita.”

“Non puoi,” disse facendomi andare il cuore in gola.

“So che mio padre è una persona orribile. So che merita tutto quello che vuoi dargli. Ma, rimane pur sempre mio padre.”

“Tuo padre che ti tratta come bestiame.”

“Stare con te non sarebbe stata una maledizione.”

“Ma io amo un’altra, Eris. La amo con tutto il mio cuore. E non potrei mai amare te,” dissi delicatamente.

Eris abbassò la testa.

“Ma, tu puoi trovare qualcuno che ti ami. Solo che non sono io.”

“Ti credo. Ma non puoi comunque mettere mio padre in prigione. Puoi fare tutto ciò che ti serve per mettere fine alla nostra storia. Ma, se metti mio padre in prigione, rimarrei con un pugno di mosche in mano. Non potrei sopravvivere,” disse, vulnerabile.

Notando la sincerità nei suoi occhi, mi resi conto che non avevo preso in considerazione quella eventualità. Volevo distruggere Armand per quello che aveva minacciato di fare alle persone a cui tenevo. Ma cosa sarebbe successo se avessi sradicato le sue radici profonde e spesse al terreno rimasto?

"Fidati di me," le dissi sapendo che non aveva ragione di farlo.

"Come posso farlo? Mi hai tradito in tutti i modi."

"Quello che ho fatto è lottare per la donna che amo. Fatti da parte, e permettimi di essere tuo amico."

Eris mi guardò senza emozione.

"Eris, in un modo o nell'altro, uscirò da qui con questi registri."

"Perché dovresti fare una cosa simile per le persone che ami?"

"Esattamente. E, quello che sto chiedendo è che tu ti confidi con me e diventi qualcuno che io possa considerare amica."

"Va bene," acconsentì prima di allontanarsi lentamente da me e dalla porta.

"Grazie," dissi sinceramente, vedendola sotto una nuova luce.

Raddrizzandomi, infilai i registri sotto il braccio e uscii dalla stanza. Mi aspettavo che Eris chiamasse suo padre non appena entrai nella tromba delle scale, ma non lo fece.

E Cali stava facendo un lavoro molto migliore di quanto avrei potuto sognare. Ora era proprio fuori dalla porta d'ingresso aperta con gli uomini di Armand che lo circondavano. Hil lo guardava come sul punto di piangere. E mia madre era in stato di shock.

Con Armand ancora concentrato sul contadino ubriaco che stava recitando alla festa di fidanzamento di sua figlia, Lucien corse da me per raccogliere i libri.

"Cambio di piano. Ho bisogno che tu prenda questi, te ne vada da qui e non dica nulla a nessuno finché non senti mie notizie. Capito?"

"Certo," disse Lucien prendendo i libri mastri dalle mie mani e precipitandosi fuori dalla porta sul retro, verso la spiaggia.

Quando fu lontano da occhi indiscreti, mi concentrai sulla parte finale del nostro piano: impedire ad Armand di uccidere Cali. Spingendo oltre la folla affascinata, mi insinuai tra gli uomini che circondavano Cali e mi posizionai davanti a lui. Alzai le mani.

"Allora, dico a tutti quanti, rilassatevi adesso. Quel contadino è un idiota, ma è anche molto ubriaco. Dimmi quanto sei ubriaco, Cali," dissi guardando alle mie spalle l'indomito uomo dietro di me.

Mi guardava con furore negli occhi. Per un secondo fui sul punto di credere che non stesse recitando.

"Ho detto, dì loro quanto sei ubriaco, Cali."

Ritrovando il suo autocontrollo, rispose, "Molto ubriaco."

Mi girai di nuovo verso la folla. "È confuso da qualsiasi alcool che non provenga da una brocca."

Qualcuno di fronte a me rise sotto i baffi.

"Guardate, lui è un imbarazzo per me. È un imbarazzo per mia madre. Ma, cosa posso dire? Mia sorella lo ama. Quindi, se lascio che gli succeda qualcosa, non saprei mai perdonarmi. Diamo fine a tutto questo con delle scuse e mandiamolo a casa a dormire."

Quando tutti sembrarono più calmi, mi girai. "Cali?"

"Sì, dove sono le tue fottute scuse?" urlò ad Armand.

"Va bene, ora basta," dissi, girando Cali e accompagnandolo fuori.

"Voglio le mie fottute scuse," Cali urlò sulle mie spalle.

"Lo spettacolo è finito," dissi a Cali a bassa voce. "Tieniti a freno, Di Caprio."

Ciò sembrò muovere qualcosa nel suo cervello ubriaco. Guardandomi negli occhi prima di girarsi, Cali continuò a bollire mentre io, Hil e mia madre lo accompagnavamo via.

Nessuno fece domande mentre facevo salire Cali nel suo furgone. E non dissero nulla nemmeno quando salii con loro e partii. Tutti sapevano che venivamo da Manhattan. Nessuno si aspettava che Hil o mia madre sapessero guidare.

Uscendo dalla strada di accesso che portava alla casa sulla spiaggia, non passò molto tempo prima che un furgone con i finestrini oscurati si posizionasse dietro di noi.

"Jimmy?" chiese Hil guardando attraverso il lunotto posteriore.

"Jimmy," confermai guardando il furgone attraverso lo specchietto retrovisore.

"C'erano?" Hil chiese sentendosi libera di parlare.

"C'era cosa?" chiese mia madre, ancora all'oscuro di tutto.

Guardai mia madre attraverso il sedile del furgone.

"Hil sta chiedendo per cosa Cali ha appena rischiato la vita."

"E di che si tratta?" chiese di nuovo.

"La mia libertà di stare con Dillon."

"Cosa?" mia madre chiese confusa.

Io sorrisi.

"Allora, c'erano?" ripeté Hil.

"Non ne sono ancora sicuro," risposi ricordando il piacere negli occhi di Eris.

Rimanemmo tutti e quattro in silenzio fino a casa di mia madre nel centro. Quanto arrivammo, il povero Cali era ancora più ubriaco.

"Quanti drink ha avuto?" chiesi a Hil mentre lo adagiavo sul letto dell'infanzia di mio fratello.

"Era nervoso," ammise Hil.

"Quindi, quanti? Otto? Nove?"

"Probabilmente. Dieci." Hil disse mettendo il cesto dei rifiuti al lato del letto.

Guardando Cali mentre vacillava sul punto di perdere i sensi, mi sentii complice.

“Hil, lo dirò solo una volta. E se lo ripeti, negherò di averlo detto. Ma Cali è un ragazzo davvero grandioso. Sei fortunatissima ad averlo.”

Hil sorrise. “Lo so.”

“Brava, sorellina,” dissi e poi abbracciai mia sorella.

“Anche tu, Remy,” rispose, scatenando in me più emozione di quanto mi aspettassi.

Lasciando Hil a prendersi cura del suo uomo, entrai nel salotto. Jimmy stava lì ad aspettare con mia madre.

“Mamma, ti dispiacerebbe lasciarmi parlare da solo con Jimmy?”

“Certo. Vuoi un altro drink?” chiese a Jimmy.

“No, grazie,” rispose lui alzando il suo bicchiere di limonata.

Quando fu sparita, mi servii un drink forte e mi sedetti.

“Non lasciarmi in sospeso,” insistette Jimmy. “Li hai presi?”

Presi un sorso trattenendo l’alcool in bocca per riscaldarmi le guance. Ingoiando dissi, “In un certo senso.”

“In un certo senso? Cosa significa?”

Quando la mia conversazione con Jimmy fu terminata, sapevo che c’era un’ultima conversazione da tenere. Quindi, salendo nell’auto ora inutilizzata di mio padre, guidai di nuovo verso Long Island. Il guardiano di sicurezza alla fine della strada di Armand sembrava incazzato. Inviando un messaggio radio dicendo che ero lì, ottenne il via libera per farmi entrare. Il mio cuore batteva.

Mi aspettavo di vedere Armand davanti alla porta d'ingresso. Non c'era. Entrando nella casa ora buia e vuota, Guardai Eris che era lì ad accogliermi.

"Dov'è?"

"Sopra nella sua stanza," disse non aggiungendo altro.

Correndo su per le scale, attraversai il corridoio fino alla camera da letto principale. La porta era aperta, così entrai. Guardandomi intorno nella stanza, trovai Armand sul balcone. Stava guardando la spiaggia senza luci. Sapendo che era arrivato il momento, mi unii a lui.

"Li hai, vero?" chiese senza guardarmi.

"Li ho," dissi casualmente.

"Come sapevi che erano lì?"

"L'FBI ha costruito un caso contro di te per anni."

"Quindi, te l'hanno detto."

"Conosco qualcuno," ammisi guardando la spiaggia con lui.

"Allora cosa facciamo adesso? Ti sparo alle ginocchia fino a quando non me le restituisci? Vado a prendere i tuoi familiari?"

"Non te lo consiglierei."

"Perché no?"

"Perché, al momento, l'FBI ha solo uno dei registri."

"Quale?" chiese, voltandosi verso di me.

"Quello ripulito, naturalmente."

"E quindi, intendi ricattarmi?"

"È una mossa che mi piace chiamare, 'alla Armand'," dissi con un sorriso.

Lui rise a sua volta.

"Non sono così propenso al ricatto come te."

"Immagino di no. Ma ti ricordo che ora possiedi tutto. Non fare sciocchezze e niente cambierà."

"Allora, sposerai ancora Eris?"

"Assolutamente no, ora hai finito di intrometterti nella mia vita."

"Pensi di poter trattare mia figlia in questo modo e uscirne indenne?"

"Perché non dovrei pensarlo? Tu lo fai."

"Sono suo padre."

"E sei la sua maledizione."

Armand rise. "Forse."

"Guarda, smettiamola. Non te ne frega nulla di tua figlia. L'unica cosa che ti interessa è ciò che ti è sempre interessato, il tuo impero."

"Mi fai sembrare un pessimo uomo," disse Armand con un sorriso.

Risi.

"Ecco le buone notizie. Ti permetterò di mantenere il tuo impero. L'unica condizione è che tu sparisca dalla mia vita. E nello stesso tempo smetterai di cercare di combinare il matrimonio con Eris come se fossimo nel 1600.”

“Avverto un punto debole per lei?”

“Quello che avverti è empatia. Non merita ciò che le stai facendo.”

“Lo sto facendo per lei.”

“Lo stai facendo per te. Non illuderti.”

Armand sorrise. “Forse sì. Sai qual è il problema? Quando hai tante cose, è difficile considerarle preziose.”

Non sapevo a cosa si riferisse Armand, ma non mi importava.

“Allora, dimmi, abbiamo un accordo? O devo toglierti il motivo per cui ti alzi la mattina?”

Armand mi guardò.

“Tuo padre sarebbe orgoglioso.”

Non sapevo come rispondere a quella affermazione.

“Abbiamo un accordo o no?”

“Sì.”

“E permetterai a Eris di sposare chi vuole?”

“Quanto lo permetterebbe qualsiasi altro padre,” disse, guardandomi con un ghigno.

“Va bene,” dissi sapendo di aver ottenuto il miglior accordo possibile. “Ora, spero di non vederti più,” gli dissi. Poi gli voltai le spalle e andai via.

Capitolo 14

Dillon

La mia gamba ondeggiava nervosamente mentre ero seduta sul divano logoro del mio appartamento nel New Jersey. Fissavo il telefono che rimaneva muto. Erano passate ore da quando avevo abbandonato la casa sulla spiaggia per insistenza di Remy, e da allora non avevo avuto sue notizie.

In attesa della sua chiamata, mille scenari da incubo attraversavano la mia mente. Qualcosa era andato storto con il piano? Armand aveva scoperto cosa stavamo tramando? Remy era ferito? Era morto?

Quando il telefono squillò interrompendo il silenzio, quasi mi balzò il cuore in gola. Quel rumore assordante rimbalzò sulle pareti vuote. Mi affrettai a rispondere, le mani tremanti.

"Pronto?" risposi esitante.

"Dillon, sono io" disse Remy in un tono che calmò immediatamente i miei nervi tesi.

"Remy!" gridai. "Stai bene! Ero preoccupata. Non sapevo cosa fosse successo né—"

"Va tutto bene," disse per calmarmi. "Dove sei? Devo vederti."

"È sicuro parlare? Come faccio a sapere se qualcuno ti sta costringendo a chiedermelo?"

Remy rimase in silenzio per un attimo.

"Ricordi quella volta in cui eri a casa mia e ti ho sorpreso a ballare nuda e a toccarti?"

Il calore mi salì al viso in fretta come una nudista che si affretta a tirarsi su la zip dei pantaloni.

"Non mi stavo toccando!" protestai, desiderando che non fosse vero.

"Okay, va bene. Dimmi dove sei. Ho bisogno di vederti."

"Sono tornata a casa mia, nel New Jersey."

Appena lo dissi, qualcuno bussò alla porta.

"Mio Dio, Remy. Qualcuno sta bussando alla mia porta."

"Veramente? Dovresti probabilmente rispondere."

"Ma se…"

"Devi rispondere."

Mi alzai mantenendo il telefono all'orecchio. Avvicinandomi alla porta lentamente, mi affacciai e guardai attraverso lo spioncino.

"Remy," dissi aprendo la porta di scatto e gettandomi tra le sue braccia. "Come sapevi che ero qui?"

"Ti avevo detto io di andare dove nessuno ti avrebbe cercato."

"E nessuno va nel New Jersey?" domandai sarcastica.

"Non di propria volontà," scherzò.

Risi e gli diedi uno schiaffetto sul braccio.

"Sei venuto qui."

"Dimostra solo quanto sono innamorato di te," disse Remy con un sorriso.

"Mi ami così tanto da venire nel New Jersey."

"È una canzone d'amore che si scrive da sola."

Risi. "Ma seriamente, Remy, cosa è successo?" chiesi, accompagnandolo dentro e facendolo accomodare sul divano.

"È finita," mi disse, guardandomi negli occhi.

"Davvero? Armand sta andando in prigione?"

Remy esitò. "Beh…"

"Cosa?" chiesi, sentendo il mio cuore vacillare.

"Quello che posso dirti con certezza è che non c'è niente che possa impedirci di stare insieme."

"Eris?"

"Ora è dalla nostra parte?"

"E Armand?"

"Ha accettato di lasciarci in pace in cambio della mia promessa di non distruggere il suo mondo."

“Così, l’hai ricattato?”

“Precisamente,” disse Remy con orgoglio.

“E come si sente Jimmy a non poter mettere Armand in prigione?”

“Non gli piace, ma pensa che sia perché gli abbiamo fornito informazioni false. Gli ho detto che solo il registro ripulito era nella cassaforte e ho organizzato di consegnarglielo.”

“Ma hai trovato entrambi i registri lì dentro?”

“Sì.”

“C’è un motivo per cui non hai dato a Jimmy entrambi?”

“Sì, se c’è una cosa che so, è che in questa vita, è meglio farsi degli amici che dei nemici.”

“Cosa intendi?” chiesi, confusa.

“È una lunga storia e ho tutta una vita per raccontartela.”

“Allora… stai dicendo che è veramente finita?”

“Sembra proprio di sì.”

“E non c’è nulla che ci impedisca di stare insieme?” chiesi, sentendo dentro di me un’energia che cresceva.

“Di questo, ne sono sicuro,” rispose Remy, con uno scintillio negli occhi.

“Allora forse dovremmo…”

E in quel momento mi baciò.

Le labbra di Remy erano come fuoco sulle mie, appiccando un rogo che consumava tutto il mio essere.

Le sue mani esploravano il mio corpo affamato, mentre il nostro bacio si intensificava e il mio cuore minacciava di uscirmi dal petto.

Desiderando sentire la sua pelle calda contro la mia, tirai la sua camicia. Senza interrompere il nostro bacio, lui la sbottonò e la tolse. Le mie mani esploravano i duri muscoli del suo petto e del suo addome. Sentirli flettersi sotto le mie dita mi faceva palpitare la vagina.

Con crescente urgenza, Remy mi guidò attraverso il piccolo appartamento fino a quando le mie gambe urtarono il bordo del letto. Mi accasciai sul materasso. Il potente corpo di Remy mi inchiodò. Le sue labbra lasciarono dei baci dappertutto, facendo crescere il mio desiderio.

Abili dita fecero presto a togliermi la camicia, esponendo il mio seno sussultante. La lingua di Remy passò su uno dei miei capezzoli prima di attirarlo nella sua bocca. Mi arcuai contro di lui, ansimando per le scariche di piacere che mi attraversavano.

Le mani di Remy scivolarono più in basso, aprendomi i pantaloni. Infilando un grande dito tra le mie gambe, accarezzò il mio clitoride mentre continuava a coccolare il seno. Ero persa nell'estasi, il mio mondo intero si riduceva alle carezze di Remy.

Con le sue labbra che scendevano più in basso, il mio stomaco iniziò a fremere. Guardai giù mentre si toglieva i pantaloni, osservavo come distendeva le mie gambe e premeva la sua lingua di seta contro di me.

"Oh Dio, Remy!" gridai, infilando le dita nei suoi capelli soffici.

Lavorandomi abilmente e portandomi al limite più e più volte, lo implorai di darmi sollievo. Infine, si ritrasse. Guardandomi, un sorriso diabolico illuminò il suo bellissimo viso.

Scivolando di nuovo sul mio corpo, si inginocchiò sopra di me. Afferrando i miei fianchi e sollevandomi come se non pesassi nulla, mi girò sulla pancia. Tirando di nuovo i miei fianchi, mi sollevò a quattro zampe.

Presagendo cosa sarebbe venuto dopo, tremavo di anticipazione. La sua grande, forte mano percorse le curve della mia schiena. Fermatosi alle mie spalle, seguì l'angolo lungo il mio braccio. Quando la sua mano fu sopra la mia, il suo petto premette contro la mia schiena. E con la sua mano libera che divideva le mie cosce, indirizzò il grosso glande del suo cazzo fino a che lo sentii premere alla mia entrata.

Bagnata, con un unico potente colpo lui si seppellì fino in fondo dentro di me. Nonostante la mia passera si fosse aperta desiderandolo, provai un doloroso piacere che mi fece gemere.

Avevo dimenticato quanto fosse grosso. E quando si ritirò delicatamente per ritrovare le mie profondità, le mie gambe vacillarono. Mi stavo perdendo.

"Sì, Remy, per favore… più forte!" mi sentii dire.

Subito lui ubbidì. Con colpi profondi, mi scopò senza tregua. Gemevo nel sentire l'eco dei nostri corpi che si urtavano. C'era un nuovo lato di Remy. Risvegliò qualcosa dentro di me.

"Più forte," implorai fino a quando la struttura del letto non tremò violentemente sotto di noi.

La mia mente vorticava in un turbinio di sensazioni travolgenti. L'intero mondo si ridusse al grosso cazzo di Remy che mi penetrava. Mi stava rivendicando completamente. Non avrei retto a lungo.

Cambiando leggermente angolazione, colpì il mio punto dolce. L'elettricità mi attraversò. Mi spinse oltre il limite.

L'orgasmo esplose in me e mi attraversò come una bomba. I miei occhi videro le stelle. La mia vagina in spasmo stringeva il grosso cazzo di Remy. Fu sufficiente per trascinarlo oltre il limite insieme a me.

Arcuando la schiena, lui ululò di piacere riempiendomi di tutto ciò che aveva. Vuoto ed esausto, Remy crollò sopra di me. Quando il suo peso mise alla prova la mia forza indebolita, caddi sul materasso.

Insieme eravamo un groviglio di arti sudati. Entrambi ansimavamo per riprendere il fiato, e lui si sdraiò accanto a me. Mentre poneva baci delicati sulla mia spalla, passai le dita sulla sua pelle sensibile.

"Ti amo," mormorò, carezzandomi affettuosamente. "E ti proteggerò per sempre."

Il mio cuore si gonfiò, traboccante di emozione.
Questo era solo l'inizio per noi, ma sapevo che non
l'avrei mai più lasciato. Sembrava che ci avessimo messo
una vita per trovarci. Adesso, eravamo lì insieme.

"Anche io ti amo," dissi arrotolandomi tra le sue
braccia.

"Non ti lascerò mai più," mi disse stringendomi
più forte.

Gli credevo. Remy era tutto ciò che avevo sempre
voluto e tutto ciò di cui avevo bisogno. Era mio tanto
quanto io ero sua. E mentre giacevo lì, con il suo caldo
respiro confortante che avvolgeva il mio corpo nudo,
sapevo che noi due avremmo vissuto per sempre felici e
contenti.

Epilogo

Cali

Al risveglio, la mattina dopo la festa di fidanzamento di Remy, mi sentii uno schifo. Considerando quanto avevo bevuto, ero sorpreso di essermi svegliato. Non avevo mai bevuto così tanto e sapevo che non avrei dovuto farlo ieri sera.

Hil pensava che avessi bevuto per farmi coraggio. In un certo senso, aveva ragione. Ma non era il coraggio di agire come distrazione in base al piano di Remy. La questione era molto più profonda.

Mesi prima, Armand aveva rapito Hil. Aveva sentito il bisogno di sparare a qualcuno prima di lasciarla andare, così ho lasciato che sparasse a me. Nonostante la ferita alla gamba, lo odiai per questo. Se avessi potuto, gli avrei staccato la testa per quello che aveva fatto a Hil e a me.

Ma questo accadde prima che tornassi a casa e riallacciassi i rapporti con i miei nuovi fratelli. Durante la nostra successiva telefonata, Claudee ci comunicò una notizia sorprendente. Per mesi avevamo cercato di ottenere dalle nostre madri tutte le informazioni che potevamo sul padre che avevamo in comune. Venne fuori che Claudee aveva ottenuto il suo nome.

Quando lo seppi, Claudee mi chiese se l'avessi riconosciuto. Gli dissi che non l'avevo riconosciuto. Ma non era vero. L'avevo riconosciuto eccome.

Nostro padre si chiamava Armand Clément. L'uomo che mi aveva sparato era mio padre. La donna che Remy era stato costretto a sposare era mia sorella. E poiché amavo Hil, avevo accettato di aiutare mio padre a finire in prigione per il resto della sua vita.

Stavo affrontando molte cose. Il bere era l'unico modo per andare avanti. E visto che non eravamo tutti morti, dovevo presumere che il piano avesse funzionato. Mio padre adesso era stato arrestato e trattenuto dall'FBI.

Avevo commesso un errore? Non avevo dubbi che Armand fosse un uomo terribile e pericoloso. Ma considerando che non solo aveva conquistato il cuore della mia intelligentissima madre, ma aveva fatto lo stesso con le madri dei miei fratelli, questo non poteva significare che c'era dell'altro in lui? Quel lato di sé era andato perduto per sempre? Se gli avessi detto chi ero, avrebbe cambiato idea?

Ormai era troppo tardi, ma se avessi dovuto rifare tutto da capo, avrei agito diversamente. Se non fosse stato rinchiuso per il resto della sua vita, avrei detto ai miei fratelli chi era. Invece di escluderlo, avrei chiesto ai miei fratelli di aiutarmi a entrare in contatto con lui.

Lavorando insieme, avremmo potuto cambiarlo. Remy lo aveva fatto sembrare irrecuperabile, ma c'è sempre una possibilità nella vita, no?

In ogni caso, questo è ciò che avrei fatto se Armand non fosse già sotto la custodia dell'FBI. Ma vedendo come Hil dormiva comodamente accanto a me, ero sicuro che la minaccia alla sua vita era stata eliminata.

Se le cose fossero andate diversamente, però... Se avessi avuto una seconda possibilità di entrare in contatto con mio padre, ero sicuro che la vita di tutti i miei cari sarebbe cambiata per sempre. Se solo avessi avuto quella seconda possibilità.

*****

:
'Il mio capo, uno scontroso giocatore di football':

Il mio capo, uno scontroso giocatore di football
(Romanticismo maschile / femminile)
Da
Alex (MF) McAnders

Cali, uno scorbutico giocatore universitario di football, ha davvero troppo di cui occuparsi per diventare anche il capo del bed and breakfast di famiglia in una piccola cittadina. Ma quando la madre rimane ferita in un incidente d'auto, si mette all'opera. È un bene che Hil, una ragazza curvy dall'irresistibile atteggiamento ottimista, spunta fuori dal nulla per aiutarlo.

Si trova lì perché il suo pericoloso passato è stato la causa dell'incidente di sua madre? Oppure perché è tutto accaduto mentre si trovava in missione per perdere la sua verginità e il muscoloso giocatore di football con fossette da impazzire è il ragazzo più attraente che lei abbia mai visto?

Lavorare insieme potrebbe sciogliere il cuore glaciale di Cali, ma anche lui ha dei segreti. Quando la causa dell'incidente minaccerà di colpire di nuovo, saranno quegli stessi segreti a mettere in pericolo l'iperprotettivo giocatore di football?

Provenire da mondi diversi potrebbe non essere l'unico ostacolo che impedisce a questa coppia di ottenere il loro finale da fiaba, dopo essere stati catapultati in questa bollente storia d'amore grumpy/sunshine dai continui colpi di scena.

*****

Il mio capo, uno scontroso giocatore di football

Tese il braccio verso il basso e mi prese per mano. La sua pelle calda contro la mia scatenò un formicolio che mi attraversò da parte a parte. La volevo. Non ero mai stato così eccitato in vita mia. Ma volevo anche rispettarla. Non volevo fare nulla per cui non fosse pronta.

Per quel motivo, frenai il mio desiderio. Quasi mi spezzò in due, ma riuscii a contenermi. Tenendola ancora per mano, entrammo in camera mia. Era strano vedere gli effetti personali di Hil sparsi in giro nel mio spazio personale. Mi piaceva. Non avrei saputo dire quanto.

"Devi tornare al campus domattina?" mi chiese Hil mentre gironzolava intorno al suo borsone da viaggio.

"Sì, ma tornerò presto per aiutare Mamma a sistemarsi."

"Preparerò dei waffle."

"Mi piacerebbe. Penso anche a Mamma," risposi, iniziando a rilassarmi. "Dovremmo andare a letto. Penso sarà una lunga giornata domani. "

"Certo," disse, agitata.

Vedere quanto fosse nervosa non faceva che aumentare il mio desiderio per lei. Volevo abbracciarla e prendermene cura. La volevo proteggere. E che lo ammettessi oppure no, volevo spingere lentamente il mio sesso duro dentro di lei, mentre ascoltavo i suoi lievi gemiti.

Mi girai dall'altra parte quando la mia erezione iniziò a pulsare. Non sapevo come avrei potuto farcela. Stavo usando tutte le mie energie per frenarmi dal correre all'altro capo della stanza, prenderla fra le braccia e buttarla sul letto.

"C'è qualche problema?" mi domandò, arrivandomi alle spalle e stringendo con delicatezza le sue dita intorno al mio bicipite.

Potevo sentire il calore del suo corpo. Il mio cuore batté forte nel desiderio di possederla. Sapeva che cosa mi stava facendo? Poteva mai sapere che cosa stava per far scoppiare in me il suo tocco?
Per saperne di più ora

:
'Il mio Tutor':

Il mio Tutor
(Romanticismo maschile / femminile)
Da
Alex (MF) McAnders

Diritto d'autore 2021 McAnders Publishing
All Rights Reserved

IL PROBLEMA DI CAGE: Deve superare l'esame, altrimenti non potrà giocare a football, essere ingaggiato o diventare la star dell'NFL che è destinato ad essere.

IL PROBLEMA DI HARLEQUIN: La gente

Per fortuna, Cage è bravissimo con le persone. Tutti lo amano non appena lo conoscono, inclusa Harlequin. E Quin è la ragazza più brava della classe.

Allora qual è il problema? Cage, il bellissimo quarterback, ha una ragazza. E Quin, che riesce a capire qualsiasi cosa, non riesce a capire i ragazzi, ancora meno le relazioni o…le persone.

Ma quando i due accettano di fare da tutor all'altro in ciò in cui sono bravi, vola più di qualche scintilla. Queste scintille li conducono a Snowy Falls, una piccola città che causa ai due ancora più problemi in questa storia d'amore all'insegna dello sport.

Ragazzi belli da svenire, storia piena di colpi di scena, tensione sessuale scoppiettante. Per i lettori che amano le storie d'amore ambientate al college di Ilsa Madden-Mills.

Nota: Questo libro fa parte della saga 'L'amore è amore' dell'autore, il che significa che è disponibile come una storia d'amore MM in 'Guai Seri', una piccante storia d'amore MF in 'Il mio Tutor', e una bella storia d'amore in 'Andando per le lunghe'.

*****

Il mio Tutor

Con quel silenzio assordante che ci avvolgeva, non ce la facevo più. Cage era così vicino che era una tortura non toccarlo. Dovevo almeno vedere quel bel corpo il cui calore mi consumava. Così, muovendomi come se fosse la cosa più naturale del mondo, rotolai su un fianco.

Sepolta nell'ombra, ho aperto gli occhi. Lui era sul fianco, rivolto verso di me. I suoi occhi erano chiusi. Forse stava dormendo. Se era così, significava che potevo guardarlo senza ostacoli. Potevo esaminare ogni contorno del suo viso spigoloso e mascolino.

Cage era l'uomo più bello che avessi mai visto. I suoi capelli ondulati che ricadevano dolcemente sulla fronte, le sue spalle larghe che erano rimaste scoperte, il suo petto con qualche pelo che spuntava qua e là, volevo disperatamente toccarlo. Sentire il calore della sua pelle accanto alla mia sarebbe stato sufficiente per vivere al meglio il resto della mia vita.

Avendo bisogno di stargli più vicino, ho spostato la mia mano sulla porzione di letto che ci separava. Ero a meno di un piede dal suo corpo addormentato e non osavo avvicinarmi di più. Anche se volevo disperatamente farlo. Dio quanto lo volevo, ma sapevo che non potevo... finché, come se mi avesse percepito, Cage spostò la sua mano a un centimetro dalla mia.

Potevo sentire il suo calore su di me. Potevo a malapena respirare. Separando le labbra mentre il mio cuore batteva, ho pensato che non potevo sopportare oltre: avevo bisogno di stare più vicino. Stare lontano da lui mi faceva troppo male.

Muovendo lentamente le dita, le allungai verso di lui. Peccato che non erano abbastanza lunghe. Lui era proprio lì, potevo praticamente sentirlo. Avrei dovuto muovere tutta la mano se volevo il suo tocco. Potevo farlo, però? Avrei dovuto farlo?

Il mio dibattito interiore non aveva importanza, perché, come se ne avesse bisogno anche lui, la sua mano forte si è avvicinata alla mia e si è spostata sopra di essa. Era stato lui a farlo. Poteva essere l'azione di riflesso di qualcuno addormentato, ma non credo che lo fosse. Lui voleva tenere la mia mano e io volevo tenere la sua.

Così, spostando delicatamente le dita, ho permesso alle sue di intrecciarsi con le mie. Quando lo fecero, spostai le mie per accarezzare le sue. Era proprio come avevo immaginato. Ho cercato di respirare senza fare rumore, ma è stato il momento più erotico della mia vita. Il suo tocco era un vento vorticoso che avvolgeva il mio corpo caldo.

Ero innamorata di Cage. Non potevo più negarlo. E, toccandolo al chiaro di luna, non c'era nessun altro posto al mondo in cui avrei preferito essere.
Per saperne di più ora

*****

Follow me on TikTok @AlexAndersBooks where I create funny, fun book related videos: